WATCH OUT FOR
Clever Women!
¡CUIDADO CON LAS MUJERES ASTUTAS!

WITHDRAWN

WATCH OUT FOR Clever Women!

¡CUIDADO CON LAS MUJERES ASTUTAS!

FOLKTALES TOLD IN
SPANISH AND ENGLISH BY

JOE HAYES

ILLUSTRATIONS BY VICKI TREGO HILL

CINCO PUNTOS PRESS
WWW.CINCOPUNTOS.COM

FIRST EDITION
10 9 8 7 6 5 4 3 2 1

ISBN 978-1-947627-00-0 (cloth)/ISBN 978-1-947627-01-7 (paper)
Library of Congress Control Number: 2018909738

Illustrations, cover design, book design
and typesetting by
Vicki Trego Hill of El Paso, TX.

Photo of Joe Hayes by Neebin Southall

Thanks to Teresa Mlawer for her edits of the Spanish
in the 1994 version of *¡Cuidado con las mujeres astutas!*
And to Flor de María Oliva for her edits
of the Spanish versions in the new expanded version.
Hats off to translators and editors!

Contents

⌒⌒

F or my mother, Marie J. Hayes,
and my daughter, Kathleen Hayes
—*two clever women.*

In the Days of King Adobe
En los días del Rey Adobín

⁓

THERE WAS ONCE AN OLD WOMAN who lived all alone in a tiny house at the edge of a village. She was very poor, and all she had to eat was beans and tortillas and thin cornmeal mush. Of course, she ate a few vegetables from her garden, but most of them she took into the village on market day to sell or trade for what little she needed for her simple life.

HABÍA UNA VIEJITA que vivía sola en su casita en las afueras del pueblo. Era muy pobre, y su comida era nada más que frijoles y tortillas y chaquegüe aguado. Por supuesto, comía también unas cuantas verduras de su huerta, pero llevaba la mayoría al pueblo los días del mercado para vender o cambiar por lo poco que necesitaba para su vida sencilla.

But the old woman was very thrifty, and by saving carefully—a penny a day, a penny a day—she was able to buy herself a big ham. She kept it hanging from a hook in a cool, dark closet behind the kitchen, and she only cut a thin slice from the ham on very special days—or if she was lucky enough to have company join her for a meal.

One evening a couple of young men who were traveling through the country stopped at the old woman's house and asked if they could have lodging for the night. The old woman had no extra beds, but she offered to spread a blanket on the floor for the young men to sleep on. They said that would be fine, and thanked the old woman for her kindness.

"It's nothing," the old woman told them. "I'm happy to have the company. I'll get busy and make us all a good supper."

She got out her pots and pans and then went to the closet and cut three slices from the ham—two thick, generous slices for the travelers and a thin one for herself.

The young men were delighted to see the old woman preparing ham for their supper. Seldom were they offered such good food in their travels. But those two young men were a couple of rascals, and right away a roguish idea came into their minds. They decided to steal the ham that night while the old woman was asleep.

After they had all eaten their fill, the old woman spread out a bed for the young men on the floor. She said good night and wished them good dreams and then went into her own room to sleep.

Pero la viejita era muy ahorrativa, y guardando dinero con empeño—un centavo hoy, un centavo mañana—juntó lo bastante para comprar un jamón grande. Lo tenía colgado de un gancho en la despensa detrás de la cocina y sólo cortaba una rebanada delgada del jamón en los días muy especiales—o cuando le tocaba la buena suerte de compartir la comida con un invitado.

Una tarde, un par de jóvenes que vagabundeaban por el país llegaron a la casa de la viejita y le pidieron posada para la noche. La viejita no tenía camas de sobra, pero les ofreció tender una cobija en el suelo para que durmieran en ella. Los jóvenes le dijeron que estaría bien, y le agradecieron su bondad.

—No es nada —les dijo la viejita—. Me alegra tener compañía. Ahora voy a preparar una cena sabrosa.

Sacó las ollas y cacerolas, y luego fue a la despensa y cortó tres rebanadas de jamón—dos rebanadas gruesas para los viajeros y una delgada para sí misma.

Los jóvenes se alegraron de ver que la viejita les preparaba jamón para la cena. Raras veces en sus viajes les habían dado tan buena comida. Pero estos dos jóvenes eran un par de pillos y de inmediato se les ocurrió una idea pícara. Tramaron robarle el jamón a la viejita aquella noche mientras durmiera.

Después de que todos habían comido a su gusto, la viejita tendió una frazada en el suelo para los jóvenes. Les dio las buenas noches, deseándoles sueños felices, y luego fue a su alcoba a dormir.

Of course, the young men didn't go to sleep. They lay on the floor joking and talking about how nice it was going to be to have a whole ham to eat. When they felt sure the old woman was asleep, the young men got up and crept to the closet. They took the ham down from the hook and wrapped it in a shirt. One of the young men put the ham in his traveling bag. Then the two young men lay down to sleep with smiles on their faces. They had very good dreams indeed!

But the old woman hadn't gone to sleep either. In the many years of her life she had become a good judge of character, and she had noticed the rascally look in the young men's eyes. She knew she had better be on her guard. When she heard the young men getting up from their pad on the floor, she went to the door and peeked out. She saw everything the young men did.

Later that night, when the young men were sound asleep, the old woman crept from her room. She took the ham from the traveling bag and hid it under her bed. Then she wrapped an adobe brick in the shirt and put it in the traveling bag.

When the young men awoke in the morning they were anxious to be on their way. But the old woman insisted they stay for a bite of breakfast. "It will give you strength," she told them. "You have a long day of walking ahead of you. And you may not have anything else to eat all day."

One of the young men winked at the other as he sat down at the table and said, "You're probably right, abuelita, but who knows? Last night I dreamed that today my friend and I would be eating good food all day long."

Claro que los jóvenes no se durmieron. Se quedaron echados en el suelo, bromeando y hablando de lo bueno que iba a ser tener un jamón entero para comer. Cuando estuvieron seguros de que la viejita se había dormido, se levantaron y fueron a puntillas a la despensa. Quitaron el jamón del gancho y lo envolvieron en una camisa. Uno de los jóvenes lo puso en su maleta. Luego se acostaron contentos. Tuvieron buenos sueños de veras.

Pero la viejita no se había dormido. Durante los muchos años de su vida había aprendido a juzgar bien a las personas, y había notado el brillo mañoso en los ojos de los jóvenes. Bien sabía que debía vigilar. Cuando oyó levantarse a los jóvenes de su lecho en el piso, fue a la puerta y espió. Vio todo lo que hicieron.

Más entrada la noche, cuando los jóvenes estaban bien dormidos, la viejita se deslizó de su cuarto. Sacó el jamón de la maleta y lo escondió debajo de su cama. Luego envolvió un adobe en la camisa y lo metió en la maleta.

Cuando los jóvenes se despertaron en la mañana se apresuraron para seguir su camino. Pero la viejita insistió en que se quedaran a desayunar.

—Les dará fuerza —les dijo—. Tienen una larga jornada de caminar ante ustedes. Puede ser que no encuentren nada más que comer en todo el día.

Uno de los jóvenes le guiñó un ojo al otro mientras se sentaba a la mesa y le dijo a la viejita: —Quizá tenga razón, abuelita, pero ¿quién sabe? Anoche soñé que mi compañero y yo íbamos a pasar todo el día comiendo buena comida.

"Is that right?" the old woman replied. "Tell me more about your dream. I'm fascinated by dreams. I believe they are sometimes true."

The young man thought he'd really make fun of the old woman. He smiled at his friend and then said, "I dreamed we were sitting under a tree eating. It was in a beautiful land. And the king of that country was named Hambone the First."

"Aha!" spoke up the second young man. "Now I remember that I had the same dream. And I remember that the land in which Hambone the First was king was named Travelibag."

The young men had to cover their mouths to keep from bursting out laughing. But the old woman didn't seem to notice. In fact, she seemed to be taking them very seriously.

"I had a similar dream last night myself!" she exclaimed. "I was in a land named Travelibag, and Hambone the First was king of that country. But then he was thrown out by the good people and replaced by a new king named Adobe the Great. And for some people, that meant a time of great hunger had begun."

"Isn't that interesting," the young men said, biting their lips to keep from laughing. "Oh, well, it was just a dream." They hurried to finish their breakfast and then went on their way, laughing at the old woman's foolishness.

All morning long the two rascals joked about the old woman as they traveled down the road. As midday approached, they began to grow tired. They sat down under a shady tree to rest.

—¿De veras? —replicó la viejita—. Cuéntame más de tu sueño. Me fascinan los sueños. Creo que a veces se convierten en realidad.

El joven pensó burlarse mucho de la viejita. Intercambió una sonrisa con su amigo y luego dijo: —Soñé que estábamos comiendo sentados bajo un árbol. Era en una tierra hermosa. Y el rey de esa tierra se llamaba Jamoní el Primero.

—¡Ajá! —dijo el otro joven—. Ya me acuerdo que yo también tuve el mismo sueño. Y recuerdo que esa tierra en que reinaba Jamoní el Primero se llamaba Maletín.

Los jóvenes se taparon la boca para no soltar a reír. Pero la viejita no parecía darse cuenta. En realidad, parecía tomarles muy en serio.

—¡Yo también tuve un sueño muy parecido anoche! —dijo la viejita—. Estaba yo en la tierra de Maletín, y Jamoní el Primero era rey del país. Pero luego la buena gente lo echó y puso en su lugar a un nuevo rey que se llamaba el Gran Adobín. Y para algunos, eso significaba que habían empezado una temporada de hambre.

—¡Muy interesante! —dijeron los jóvenes, mordiéndose los labios para contener la risa—. Bueno, era un sueño nomás. Se apresuraron a terminar con el desayuno y se fueron, riéndose de lo tonta que era la viejita.

Toda la mañana los dos pícaros se divirtieron bromeando de la viejita. A eso del mediodía empezaron a cansarse. Se sentaron bajo la sombra de un árbol para descansar.

"Well, now," said the first young man as he leaned back and closed his eyes. "Don't you think it's time for dreams to come true? Here we are sitting under a tree, just as I dreamed. Open up the land of Travelibag. My stomach tells me I need to visit the king of that land."

"By all means," said the other. "Let's see how things are going with our old friend Hambone the First."

The young man opened his bag and pulled out the bundle wrapped in his shirt. Chuckling to himself he slowly unwrapped the shirt. Suddenly the smile disappeared from the young man's face. "Oh, no," he gasped. "The old woman knew more about dreams than we thought."

"What do you mean?" asked the other.

"Well," he said, "she told us Hambone the First had been thrown out, didn't she?"

"Yes."

"And do you remember who was put in his place?"

The young man laughed. "Adobe the Great! Where do you suppose she came up with a name like that?"

"Probably right here," said his friend. "Look."

The first young man opened his eyes. "I see what you mean," he groaned. "And I see what the old woman meant about the time of great hunger beginning. I'm starved!"

After several hungry days the two young men met another kind old woman who fed them a good meal. This time they didn't even think about trying to play any tricks.

—Ahora bien —dijo el primer joven, recostándose hacia atrás y cerrando los ojos—. ¿No te parece que ya es tiempo que los sueños se conviertan en realidad? Aquí estamos sentados bajo un árbol, tal como soñé. Abre la tierra de Maletín. Mi estómago me dice que me gustaría visitar al rey de esa tierra.

—¡Cómo no! —dijo el otro—. A ver cómo andan las cosas con nuestro viejo amigo Jamoní el Primero.

El joven abrió la maleta y sacó el bulto envuelto en la camisa. Dando risitas lo desenvolvió lentamente. De repente se le borró la sonrisa. —¡O, no! —gritó—. La viejita entiende de sueños mejor de lo que pensábamos.

—¿Qué quieres decir? —le preguntó el otro.

—Bueno, nos contó que a Jamoní el Primero lo habían echado, ¿que no?

—Sí.

—¿Acaso te acuerdas a quién pusieron en su lugar?

El jóven se rió. —¡El Gran Adobín! ¿De dónde supones que sacara tal nombre?

—Probablemente de aquí mismo —le dijo su amigo—. Mira.

El primer joven abrió los ojos. —Ya veo qué quieres decir —gimió—. Y veo también lo que la viejita quería decir con eso de la temporada de hambre. ¡Estoy muriéndome de hambre!

Después de varios días sin comer los jóvenes se encontraron con otra viejita bondadosa que les dio una buena comida. Y esta vez ni pensaron en tratar de hacerle trampas.

That Will Teach You
Ya aprenderás

THEY SAY THAT what a boy doesn't learn from his mother when he is a child, he must learn from his daughter when he becomes a man. There is an old story about a good mother and a good daughter which demonstrates the truth of that saying.

Once a boy from a tiny mountain village had to leave his home and his family to look for work in the larger town that lay where the mountains gave way to the valley. He was hired by a rich and powerful man to work as a servant.

DICEN QUE LO QUE el muchacho no aprende de su madre cuando es niño habrá de aprender de su hija cuando sea hombre. Hay un viejo cuento de una buena madre y una buena hija que muestra que es cierto este proverbio.

Una vez un muchacho de una aldea de la sierra tuvo que dejar su casa para buscar trabajo en la población más grande que se hallaba donde la sierra terminaba en el valle. Un hombre rico y poderoso le dio trabajo como sirviente.

The boy's wealthy master was very fond of gambling and would make the most outrageous bets on the spur of the moment. Sometimes he won, but more often he lost. But because he was so powerful, he usually found a way to get out of paying for his losses, and so no one in the town was willing to bet with the rich man anymore. Of course, the boy was a newcomer to the town and hadn't learned of his master's reputation.

One winter morning the boy overheard a conversation between the rich man and a friend. The two were sitting in a comfortable room, warmed by a fire the boy had built for them in the fireplace, gazing out the window at a distant, snow-covered mountain.

"It must be cold at the top of that mountain," the rich man mused to his friend.

"Colder than I care to think about," the friend replied.

"I wonder," said the rich man, "if any person could survive a night on that peak without any shelter or fire or blankets to protect them from the cold."

"I think a very strong man could," answered the friend, "although I wouldn't want to try it myself."

"I doubt it," said the rich man. "In fact, I would be willing to bet that no human being could survive a night on that mountain peak without a blanket or overcoat or shelter from the cold, or a fire to keep them warm. I would give a thousand dollars and a hundred acres of land to any person who could do it."

Al amo rico le encantaba apostar y hacía las más descabelladas apuestas sin pensarlo nada. Algunas veces ganaba, pero la mayoría de las veces perdía. Pero como era tan poderoso, casi siempre encontraba alguna manera de librarse de la deuda sin pagar. Así que ya nadie del pueblo quería apostar con el rico. Pero por recién llegado al pueblo, el muchacho no conocía la mala fama del amo.

Una mañana de invierno el muchacho oyó por casualidad una conversación entre el rico y un amigo suyo. Estaban los dos sentados en una sala cómoda, al calor de la lumbre que el muchacho les había encendido en la chimenea, mirando a lo lejos una montaña nevada.

—Ha de hacer frío en la cumbre de aquella montaña —musitó el rico a su amigo.

—Más frío que lo que yo quiero imaginar —replicó el amigo.

—Me pregunto —dijo el rico—si alguna persona podriá sobrevivir una noche en aquel picacho sin ningún cobertizo, ni fuego, ni manta para protegerse del frío.

—Yo opino que un hombre fuerte sí podría —repuso el amigo—, aunque yo no quisiera intentarlo.

—Lo dudo —dijo el rico—. Y de hecho, estoy dispuesto a apostar a que ningún ser humano pude aguantar una noche en aquella cumbre sin cobija ni abrigo ni cobertizo, ni tampoco una fogata para calentarse. Daría mil dólares y cien hectáreas de terreno a cualquiera que lo hiciera.

The boy could scarcely believe what he was hearing. He had spent all his life in the high mountains and knew how to tolerate the cold. He was sure he could survive a night on the mountaintop. And with a thousand dollars and a hundred acres of land, he and his family could make a comfortable life for themselves.

"Master," said the boy, "do you really mean what you just said?"

The rich man looked at the boy and replied, "I am not a man who speaks idly. Of course, I meant what I said."

"I'll spend the night on the mountaintop," the boy declared. "I'll do it this very night."

"Remember the terms of the bet," the rich man said. "You must not have any shelter or warm clothing—just the clothes you are wearing now. And you cannot build a fire to keep you warm."

"Agreed!" the boy said, and he and his master shook hands on the bet. The master said he would send two other servants along with the boy to watch and make sure he lived up to the terms of the bet. "That will be fine," the boy replied, and he left the room feeling confident and excited about how he would help his family with his winnings.

But as the morning turned into afternoon, he began to grow worried. Maybe he wouldn't have the strength to endure all night long. So as he set out for the mountain along with the two other servants, the boy said, "Let's pass through my village on our way to the mountain. I want to visit my family and ask for my mother's blessing."

El muchacho casi no podía creer lo que oía. Había pasado toda su vida en la sierra y sabía aguantar el frío. Estaba seguro de que podría sobrevivir una noche en lo alto de la montaña. Y con mil dólares y cien hectáreas de terreno, su familia y él podrían vivir felices.

—Señor amo —dijo el muchacho—, ¿habla usted en serio?

El rico miró al muchacho y respondió: —Yo no soy hombre de disparates. Por supuesto que hablo en serio.

—Yo puedo pasar la noche en la montaña —aseveró el muchacho—. Lo haré esta misma noche.

—Acuérdate de las condiciones de la apuesta —dijo el rico—. No puedes tener cobertizo ni ninguna ropa de abrigo— sólo las prendas que llevas puestas. Ni puedes hacer ninguna fogata para calentarte.

—¡De acuerdo! —dijo el muchacho a su amo, y se dieron la mano.

El amo dijo que iba a mandar a dos criados para observarlo y asegurse de que cumpliera con las condiciones de la apuesta.

—Está bien —repuso el muchacho, y se fue de la sala sintiéndose seguro de sí mismo y animado de pensar cómo iba a poder ayudar a su familia con la ganancia de la apuesta.

Pero conforme la mañana se convertía en la tarde, le iban entrando dudas. Tal vez no tuviera fuerzas para aguantar toda la noche. Así que cuando se encaminó para la montaña acompañado de los otros dos criados, el muchacho les dijo: —Pasemos por mi pueblo rumbo al monte. Quiero visitar a mi familia y pedirle la bendición a mi madre.

When they arrived at the boy's village, he went to his house and explained to his mother the bet he had made with his master. "And now I'm not so sure I'm strong enough to make it through a night on that cold mountaintop," he told her.

"Don't worry, son," his mother said. "Remember the old saying: *With a heart that is pure, hard things you endure.* And besides, I'll help you. I'll go to the edge of the village and build a fire. I'll keep it burning all night. As you stand at the top of the mountain, look down on the fire. Think of its warmth. And think of me, your mother, who is keeping the fire alive for you. That will give you the strength to endure the cold."

The boy left his village and with the two companions climbed the mountain. They arrived at the summit just as the last light of the sun was fading.

The boy handed his coat to one of the other servants and stood up on the highest rock on the mountaintop. In the valley below he saw a bright speck of fire.

All night long the boy kept his eye on the fire. He imagined the circle of warmth around the orange flames, and he thought of his mother patiently adding sticks to the fire to keep it burning. At times his knees began to buckle, and he trembled all over. But he shook his head to clear his vision and looked more firmly at the fire, and his strength returned. Finally the edge of the sun appeared over the mountains to the east, and the boy stepped down from the rock. He took his coat back from his companions and returned with them to his master's house.

Cuando llegaron a la aldea del muchacho, fueron a su casa y el muchacho le explicó a su madre la apuesta que había hecho con el amo.

—Y ahora no estoy tan seguro de que sea lo bastante fuerte como para aguantar toda la noche en aquella cumbre helada.

—No te preocupes, hijo mío —le dijo su madre—. Acuérdate del viejo dicho: *Con corazón puro se hace lo duro.* Y además, yo te voy a ayudar. Voy a las afueras del pueblo y hago una hoguera. La mantengo viva toda la noche. Tú, cuando estés parado allá en el monte, mira la lumbre. Piensa en el calor que produce. Y piensa en mí, tu madre, que mantengo el fuego por ti. Eso te dará la fuerza para resistir el frío.

El muchacho se fue del pueblo y con los dos compañeros subió la montaña. Llegaron a la cumbre cuando se iban desvaneciendo los últimos rayos del sol.

El muchacho les dio su abrigo a los compañeros y se paró en la piedra más alta de la cumbre. Allá abajo en el valle vio un punto reluciente de fuego.

El muchacho pasó toda la noche con la mirada clavada en la fogata. Se imaginaba el círculo de calor producido por las llamas anaranjadas, y pensaba en su madre arrimando leños pacientemente para mantener la lumbre. A veces se le empezaban a doblar las rodillas, y le temblaba todo el cuerpo. Pero sacudía la cabeza para aclararse la vista y miraba aun más detenidamente la fogata, y le volvía la fuerza. Por fin, la orillita del sol se asomó sobre la sierra del oriente y el muchacho se bajó de la piedra. Recogió el abrigo de los compañeros y regresó con ellos a la casa del amo.

The rich man questioned the other servants closely. "Did the boy really stand at the very top of the mountain?" he asked.

"Master," answered one of the servants, "he stood on the highest rock on the mountaintop."

"Did he have a blanket or a coat or a fire to keep him warm?"

"He had none of them," the other servant replied.

"You truly are a sturdy young man," the rich man said to the boy. "How did you find the strength to endure such a hardship?"

The boy answered honestly, "My mother went to the edge of the village and built a fire. She kept it burning all night. I kept my eye on that fire all night long, and that gave me the strength to withstand the cold."

"Aha!" the rich man exclaimed joyfully. "You lose the bet! You agreed not to have a fire, and you had one."

"But the fire was miles away," the boy protested. "It didn't give me any warmth."

"It doesn't matter," the rich man declared. "You said you would not have a fire, and you had one. You have lost the bet."

The poor boy was heartbroken. He had suffered all night long on the top of the mountain for nothing. Of course, the rich man was very satisfied. Through the boy's simple honesty, he had found a way to get out of paying a thousand dollars and a hundred acres of land.

But the rich man had a daughter who had not inherited his greedy nature, and she was troubled by the way her father had cheated his young servant. She began to think about how she could show him how wrong he had been. When her father told her of his plans to give a big banquet for all his wealthy friends,

El rico interrogó a los dos criados: —¿Es verdad que el muchacho se paró en la mera cima del monte?

—Señor amo —respondió un criado—, se paró en la piedra más alta de la cima.

—¿Y no tenía manta, ni abrigo, ni lumbre para calentarse?

—Ninguna de esas cosas tenía.

—Tú sí eres un joven tenaz —el rico le dijo al muchacho—. ¿Cómo encontraste fuerzas para aguantar tan duras penas?

El muchacho respondió francamente: —Mi madre fue a las afueras de nuestro pueblo y encendió una hoguera. La mantuvo toda la noche. Yo tuve la vista clavada en el fuego toda la noche, y eso me dio fuerzas para sobrellevar el frío.

—¡Ajá! —gritó el rico con triunfo—. Perdiste la apuesta. Conviniste en no tener fuego, y lo tuviste.

—Pero el fuego estaba a varias millas —protestó el muchacho—. No me daba calor ninguno.

—No importa —insistió el rico—. Dijiste que no tendrías fuego y lo tuviste. Has perdido la apuesta.

El pobre muchacho quedó destrozado. Había sufrido toda una larga noche en lo alto del monte por nada. Claro está que el rico se sintió muy satisfecho. Gracias a la sinceridad del muchacho había encontrado el pretexto para no pagar mil dólares y cien hectáreas de terreno.

Pero el rico tenía una hija que no había heredado el character tacaño de su padre, y a ella le cayo mal la manera en que su padre había engañado al muchacho. Se puso a pensar en cómo podía mostrarle el mal que había hecho. Cuando su padre le contó que iba a dar un gran banquete para todos sus amigos ricos,

she saw her chance. "Let me cook the meal for your friends, Father," she told him. "I know just what they would like."

The rich man was pleased that his daughter had such an interest in his party and said he would be proud to have her cook for his friends.

The day of the banquet arrived and the daughter went to work in the kitchen. Soon delicious smells were drifting all through the house. One by one the rich man's friends began to arrive. They all commented on the wonderful aroma that was coming from the kitchen. "My daughter is cooking for us," the rich man told them proudly. "I hope you're hungry."

The rich man and his friends passed the early part of the evening joking and talking. Of course, the rich man delighted in repeating to each guest the story of the bet he had made with his servant, and how he had cleverly gotten out of paying.

But as the evening wore on, the guests ran out of talk and began to feel hungry. It was getting quite late, and still the rich man's daughter hadn't served the meal. Finally one of the guests spoke up. "My friend," he said to the rich man, "have you invited us all here to make fools of us? Are you never going to serve the meal?"

The rich man called for his daughter. When she entered the dining room, he asked her, "Are you trying to make my friends angry with me? Why haven't you served us the meal?"

The girl acted surprised. "But, Father," she said, "haven't your friends been enjoying the smells of my food all evening long?"

la oportunidad. —Deje que yo cocine para sus amigos, padre —le dijo—. Yo sé exactamente lo que les gustará.

El rico se alegró de que su hija mostrara tanto interés en la fiesta y le dijo que se sentiría orgulloso de que ella cocinara para sus amigos.

Llegó el día del banquete y la hija se puso a trabajar en la cocina. Pronto se llenó la casa de un aroma delicioso. Uno por uno los amigos del rico llegaron. Todos comentaban el maravilloso olor que salía de la cocina. —Mi hija nos está preparando la comida —el rico decía orgulloso—. Espero que tengan hambre.

El rico y sus amigos pasaron las primeras horas de la tarde bromeando y platicando. Desde luego, el rico se divirtió contando a cada invitado todo lo de la apuesta que había hecho con su criado, y la astucia con que había evitado pagar.

Pero se fue alargando la tarde, y los invitados se cansaron de hablar y empezaron a sentir hambre. Cayó la noche, y la hija del rico todavía no había servido la cena. Por fin uno de los invitados habló: —Mi amigo —le dijo al rico—, ¿es que usted nos ha invitado a su casa para burlarse de nosotros? ¿Nunca va a servir la comida?

El rico llamó a su hija. Cuando ella se presentó en el comedor le preguntó: —¿Quieres que mis amigos se enojen conmigo? ¿Por qué no has servido la comida?

La muchacha se mostró sorprendida. —Pero, padre —le dijo—, ¿no han estado sus amigos disfrutando del olor de la comida toda la tarde?

"Yes," said the rich man, "but what good has that done them? There's no nourishment in the smell of food."

"How can you say that?" the girl protested. "If your friends all agree with you that your servant was warmed by the sight of a fire that was miles away from him, I'm sure they consider themselves well-fed by the smells of the food I cooked in the kitchen."

"No!" all the guests shouted. "We don't agree with either one. We're hungry and we need to eat to satisfy our hunger. And you," they said to the rich man, "you should be ashamed of yourself. Your servant boy clearly won the bet. If you don't pay him everything you owe him, no one in this town will have anything to do with you."

The rich man learned his lesson. And no sooner had he agreed to pay the debt than his daughter called for the dinner to be served. Everyone agreed it was the most delicious meal they had ever eaten.

As for the boy, he moved his family onto the hundred acres of land, and with the money he bought cows and chickens and sheep and seeds to plant in the fields. In time, he became quite wealthy himself, and some people say he even ended up marrying the rich man's clever daughter. If it's true, you can bet he lived happily for the rest of his life.

—Sí —dijo el rico—. ¿Pero qué valor tiene eso? No se puede alimentar con el puro olor de la comida.

—¿Cómo puede decir eso? —protestó la muchacha—. Si sus amigos están de acuerdo con usted en que su sirviente se pudo calentar con la vista de un fuego que estaba a varias millas, estoy segura de que se consideran bien alimentados con el aroma de la comida que he preparado en la cocina.

—¡No! —gritaron todos los invitados—. No estamos de acuerdo, ni con lo uno ni lo otro. Tenemos hambre y hemos de comer para quedar satisfechos. Y a usted —le dijeron al rico—, debiera darle vergüenza. Su criado sin duda ganó la apuesta. Si no le paga todo lo que le debe, nadie de este pueblo volverá a tener nada que ver con usted.

El rico aprendió la lección. Tan pronto consintió en pagar la apuesta, su hija mandó servir la comida. Todos se convinieron en que fue la comida más deliciosa que hubieran probado en la vida.

En cuanto al muchacho, éste instaló a su familia en los cien hectáreas de terreno, y con el dinero compró vacas y pollos y ovejas y semillas para sembrar las milpas. Con el tiempo, él también se hizo rico, y dicen algunos que acabó casándose con la astuta hija de su viejo amo. Si es cierto, se puede apostar a que el muchacho vivió feliz el resto de su vida.

The Day It Snowed Tortillas
El día que nevaron tortillas

HERE IS A STORY about a woman who was married to a poor woodcutter. The man was good at his work. He could chop down a tree in no time at all. He would split it up into firewood and take it into the village and sell it. And he made a good living. But he wasn't very well educated. He didn't know how to read or write. And he wasn't very bright either. He was always doing foolish things.

But his wife was a very clever woman, and she could get her husband out of the trouble his foolishness was always getting him into.

ÉSTE ES UN CUENTO de una mujer que estaba casada con un pobre leñador. El hombre era muy trabajador. Podía tumbar un árbol en poco tiempo. Lo rajaba y hacía leña que llevaba al pueblo para vender. Así se ganaba bien la vida. Pero tenía muy poca escuela. No sabía leer ni escribir. Además, era medio bobo. Siempre andaba haciendo tonterías.

La esposa, por el contrario, era muy lista, y siempre sabía cómo sacarlo de los líos en que se metía.

One day the man was far off in the mountains cutting firewood. And at the end of the day, when he started down the trail to go home, he saw three leather bags by the side of the trail. He went over and opened the first bag, and it was full of gold! He looked into the second bag. It was full of gold too. And so was the third.

He took the three bags of gold home and showed them to his wife. His wife said, "Don't tell anyone you found this gold. Some robbers must have hidden it in the mountains. And if they find out we have it, they might kill us to get it back again."

But then she thought, *Oh, no. My husband can never keep a secret.* And then she came up with a plan. She told him, "Before you do anything else, go to the village and get me some flour. Get me a hundred pounds of flour."

The man walked off to the village grumbling to himself: "I've been working out in the mountains all day long. And now she wants me to bring home a hundred pounds of flour." But he bought a big sack of flour and lugged it home to his wife.

His wife said, "Oh, thank you! You've been working awfully hard. Why don't you go lie down and rest for a while?"

He liked that idea. He went into the bedroom and lay down. And he fell asleep. As soon as he fell asleep, his wife started to make tortillas with the flour. She made one batch after another. She made tortillas until the stack went clear up to the ceiling in the kitchen. And then she carried the tortillas outside and threw them all over the ground.

Un día el hombre estaba lejos en la sierra, cortando leña. Al atardecer, cuando regresaba a casa, vio tres talegones de cuero al lado de la vereda. Fue y abrió el primer talegón, y vio que estaba lleno de oro. Abrió el segundo. Estaba lleno de oro también. Y también el tercero.

Llevó los tres talegones de oro a casa y los se mostró a su mujer. Ella le dijo: —No digas a nadie que hallaste este oro. Unos ladrones lo habrán escondido en la sierra. Si se enteran de que nosotros lo tenemos, nos pueden matar.

Luego pensó: *¡Ay! Mi marido no puede guardar un secreto.* Luego se le ocurrió un plan. Le dijo: —Antes que hagas ninguna otra cosa, quiero que vayas al pueblo y que me compres harina. Tráeme cien libras de harina.

El hombre se fue para el pueblo quejándose: —He estado todo el santo día trabajando en la sierra, y ahora mi mujer quiere que traiga a casa cien libras de harina. —Pero compró un costal de harina y se lo cargó a casa para su esposa.

Le dijo su mujer: —¡Muchas gracias! Pero ya has trabajado mucho. ¿Por qué no te acuestas a descansar un rato?

Al hombre le gustó la idea. Entró en la recámara y se acostó. Y se durmió. En cuanto se durmió, la mujer se puso a hacer tortillas. Hizo una tortilla tras otra. Hizo tantas tortillas que el montón llegó al techo de la cocina. Luego las llevó afuera y las desparramó sobre la tierra.

The man was so tired that he slept through the evening and all night long. He didn't wake up until the next morning. When he woke up and looked outside, he saw that the ground was covered with tortillas.

"What's this?" the man asked his wife.

His wife said, "Oh, my goodness! It must have snowed tortillas last night!"

"Snowed tortillas? I've never heard of such a thing."

"You're not very well educated if you've never heard of it snowing tortillas," the woman said. "You'd better go to school and learn something." She made him get dressed in his Sunday suit, she packed him a lunch, and she sent him off to school.

The woodcutter didn't know how to read or write, so he was put in the class with the youngest children. The teacher asked questions and the children raised their hands enthusiastically, but the woodcutter didn't know the answers to any of the questions. He got more and more embarrassed. Finally he couldn't take it any longer. He jumped up and stomped out of school. He went home and grabbed his ax. He told his wife, "I've had enough education. I'm going to chop some firewood."

"That's fine," his wife said. "You go ahead and do your work."

And then about a week later, just as the wife expected, the robbers showed up at the house. "Where's the gold your husband found?" they demanded.

The woman acted innocent. "Gold?" she said. "I don't know anything about any gold."

El hombre estaba tan cansado que durmió toda la tarde y toda la noche. No se despertó hasta el día siguiente. Cuando se despertó y miró por la ventana, vio que la tierra estaba cubierta de tortillas.

—¿Qué es esto? —le preguntó a su mujer.

Su esposa se hizo la sorprendida: —¡Madre mía! Han de haber nevado tortillas anoche.

—¿Que nevaron tortillas? Yo nunca he oído hablar de tal cosa.

—Pues eres ignorante si no sabes que pueden nevar tortillas —le dijo la mujer—. Vale más que vayas a la escuela para aprender algo.

Hizo que se vistiera con su traje de domingo, le preparó un almuerzo, y lo mandó a la escuela.

Como el leñador no sabía ni leer ni escribir, lo mandaron a la clase de los más chiquitos. La maestra hacía preguntas y los chiquillos alzaban las manos entusiasmados, pero el leñador no sabía cómo contestar ninguna pregunta. Se ponía cada vez más avergonzado. Por fin ya no pudo más. Se levantó y salió de la escuela a zancadas. Regresó a casa y agarró el hacha. Le dijo a su mujer:—Ya me cansé de la escuela. Me voy a cortar leña.

—Está bien —le dijo su esposa—. Vete a hacer tu trabajo.

Y luego, al cabo de una semana, así como la mujer había anticipado, los ladrones llegaron a la casa. —¿Dónde está el oro que halló tu marido? —le preguntaron.

La mujer se hizo la desentendida. —¿Oro? —les respondió—. Yo no sé nada de oro.

"Come on!" said the robbers. "Your husband's been telling everyone in the village he found three bags of gold. They belong to us. You'd better give them back."

"Did my husband say that? Oh, that man! He says the strangest things. I don't know anything about your gold."

"We'll find out," the robber said. "We'll wait right here until he gets home."

The robbers stayed around the house all day, sharpening their knives and cleaning their pistols. In the evening they looked out and saw the man coming home. They ran to him and said, "Where's the gold you found?"

The man scratched his head. "The gold? My wife hid it somewhere." And he called out, "Wife, what did you do with that gold?"

She said, "I don't know what you're talking about. I don't know anything about any gold."

He told her, "Sure you do. Don't you remember? It was the day before it snowed tortillas. I came home with three bags of gold. And then the next morning, you made me go to school."

The robbers looked at one another. "Did he say it snowed tortillas? And his wife makes him go to school?" They shook their heads. "This poor man is out of his head!" And the robbers went away thinking the woodcutter was crazy and was just saying a lot of nonsense, and they never came back again.

So the woodcutter and his good wife had three bags of gold. And since they never could find out who the gold really belonged to, they just had to keep it all themselves.

—¡Vamos! —dijeron los ladrones—. Tu marido ha estado diciendo por todo el pueblo que halló tres talegones de oro. Son nuestros. Más te vale que nos los devuelvas.

—¿Mi marido ha dicho eso? ¡Ay, qué hombre! Las locuras que anda diciendo. Yo no sé nada de su oro.

—Ya veremos —dijeron los ladrones—. Nos quedamos aquí hasta que él llegue a casa.

Los ladrones se quedaron en la casa todo el día, afilando sus navajas y limpiando sus pistolas. En la tarde vieron que el hombre venía de regreso a casa. Corrieron a él y le dijeron:

—¿Dónde está el oro que hallaste?

El hombre se rascó la cabeza. —¿El oro? Mi mujer lo escondió. Y luego llamó: —Mujer, ¿qué hiciste con el oro?

Ella le dijo: —No entiendo de qué hablas. Yo no sé nada de ningún oro.

Le dijo el hombre: —Seguro que lo sabes. ¿No te acuerdas? Fue el día antes de que nevaron tortillas. Vine a casa con tres talegones de oro. Y luego a la mañana siguiente, me hiciste ir a la escuela.

Los ladrones se miraron los unos a los otros. —¿Dice que nevaron tortillas? ¿Y que su mujer le hace ir a la escuela? —Movieron la cabeza—. Este pobrecito está loco.

Y se fueron los ladrones pensando que el leñador estaba loco de verdad y que nada más decía un montón de tonterías. Y no volvieron nunca más.

Así que el leñador y su buena mujer tenían tres talegones de oro, y como nunca lograron encontrar a los verdaderos dueños, no tuvieron más remedio que quedarse con todo.

Just Say Baaa

Di nomás baaa

THERE IS A STORY told about an Indian woman who had just one son. They lived far away from any village or school, and the boy had grown up without learning how to read or write. He had spent all his boyhood days watching over the few sheep his poor mother owned. Of course, he wasn't very wise about the ways of the world.

HAY UN CUENTO de una mujer india que tenía un solo hijo. Vivían muy lejos del pueblo y de la escuela, y el muchacho había crecido sin aprender a leer y a escribir. Había pasado toda su juventud cuidando las pocas borregas que tenía su madre. Tenía muy poco conocimiento del mundo.

When the son was old enough to look for some kind of work so that he could be of more help to his mother, he left home. He traveled down the road toward the nearest town, and just before arriving at the town, he saw the house of a wealthy landowner. The boy asked the rancher for work and the landowner offered to hire him as a shepherd.

"That will be perfect!" the boy told him. "Herding sheep is the work I know best."

The rancher sat down at a writing table and began to draw up a contract. "This paper will tell you the terms of your employment," the rancher told the boy. "It will tell how much work you must do and what pay you will receive."

"But, *señor amo*," the boy said, "I don't know how to read."

That was just what the rancher expected. He told the boy, "I'll tell you what the paper says. It says that you will tend my sheep for one year. You must take them to summer pasture in the mountains and bring them back to the valley when winter comes. You must protect them from wild animals and help with the lambing in the spring."

"I can do that," the boy replied. "But what does the paper say you will pay me?"

The rancher told him he would receive half of the lambs born the next spring, which was the standard pay for a sheepherder in those days. But that wasn't what the paper said at all. It said that for all the work he did, the boy would receive just his food and supplies. He would receive no additional pay.

Cuando el hijo tuvo la edad para buscar trabajo y ayudarle más a su madre, dejó la casa. Se encaminó hacia el pueblo más cercano, y poco antes de llegar al pueblo vio la casa de un hacendado rico. El muchacho le pidió trabajo al ranchero y el rico le ofreció empleo como pastor.

—¡Perfecto! —le dijo el muchacho—. Cuidar borregas es el trabajo que más entiendo.

El ranchero se sentó a un escritorio y se puso a escribir un contrato. —Este papel te indica las condiciones de tu empleo —el ranchero le dijo al muchacho—. Te explica el trabajo que debes hacer y el sueldo que recibirás.

—Pero, señor amo —dijo el muchacho—, yo no sé leer.

Eso era lo que el ranchero se imaginaba. Le dijo al muchacho: —Te digo lo que dice el papel. Dice que tienes que cuidar a las borregas por un año. Debes llevarlas a la sierra en el verano y bajarlas al valle cuando llegue el invierno. Debes protegerlas de las fieras y ayudar con el parto de corderos en la primavera.

—Yo puedo hacer todo eso —le dijo el muchacho—. Pero, ¿qué dice el papel que me va a pagar?

El ranchero le dijo que recibiría en pago la mitad de los corderos que nacieran en la primavera, lo cual era el pago corriente de aquel entonces, pero eso no era lo que en realidad decía el papel. Decía que por todo el trajabo que hiciera, el muchacho sólo recibiría comida y provisiones. No recibiría ningún otro pago.

The boy made his mark on the paper and went to work for the rancher. He worked hard all year long, taking very good care of his master's sheep. He dreamed of how he would soon have his own sizeable flock. He knew his mother would be proud of him.

Imagine his disappointment at the end of the year when he asked the rancher for his pay. "What?" said the rancher. "Do you expect to be paid? The food you ate and the shelter you slept in were your pay."

"But the paper said I would get half the lambs born this spring," the boy protested.

The rancher produced the paper. "Show me where it says that," he demanded. "This paper says nothing about lambs."

Of course, the boy couldn't show him. He didn't know how to read. But he was angry. He separated half the lambs from the flock and drove them down the road toward his mother's house.

The rancher went to the village and brought charges against the boy for stealing his sheep. When the boy learned that he would have to appear in court and defend himself, he asked his mother what he should do. "Go to the village and ask the people to show you the house of a lawyer," she told him. "Maybe a lawyer can help you get justice."

El muchacho puso su seña en el papel y empezó a trabajar para el ranchero. Durante todo el año trabajó muy duro, cuidando muy bien a las borregas del amo. Soñaba con tener su propio rebaño en poco tiempo. Sabía que su madre iba a sentirse orgullosa de él.

Se puede imaginar su pena al final del año cuando le pidió el pago al ranchero.

—¿Cómo? —dijo el ranchero—. ¿Es que quieres que te pague? La comida y el cobertizo que te di fueron tu pago.

—Pero el papel decía que recibiría la mitad de los corderos nacidos esta primavera —opuso el muchacho.

El ranchero sacó el papel—. Muéstrame dónde dice eso —insistió—. Este papel no dice nada acerca de corderos.

Claro que el muchacho no se lo podía mostrar. No sabía leer. Pero se enojó. Apartó la mitad de los corderos del rebaño y los condujo a la casa de su madre.

El ranchero fue al pueblo y denunció al muchacho por el robo de los corderos. Cuando el muchacho se enteró de que tenía que defenderse ante el juez, le preguntó a su madre qué debía hacer.

—Vete al pueblo y pide que te enseñen dónde vive un abogado —le dijo su madre—. Tal vez un abogado te consiga justicia.

The boy went to the village and soon found out where a lawyer lived. He explained everything that had happened. The lawyer could see that the boy had been taken advantage of. But the lawyer was a very greedy man too. He told the boy, "This is a very serious charge your master has brought against you. Without my help you might even end up in jail. I think I can get the judge to let you go free, and even let you keep the lambs you took. But if I do, you must give me two out of every three of those lambs."

That didn't seem fair to the boy. He wouldn't end up with very much for all the hard work he had done, but it would be better than nothing. "Just tell me what to do," he told the lawyer.

"Let me do all the talking," the lawyer told the boy. "And if anyone asks you a question, just answer by saying *baaa* like a sheep.

"Just say *baaa?*" the boy asked.

"That's right. No matter what I ask you, or the judge asks you, just answer by saying *baaa*. The judge will think you're so simple and innocent he'll never hold you responsible for the terms of the contract."

The boy returned home and told his mother about the lawyer's plan. "Maybe it will work," she said. "He must be a clever man.

And how much pay is he asking for?"

"Two-thirds of the lambs," the boy told his mother.

Fue el muchacho al pueblo y pronto averiguó donde vivía un abogado. Le explicó al abogado todo lo sucedido. El abogado vio que se habían aprovechado del muchacho, pero él también era un hombre muy avaro. Le dijo al muchacho: —Es un cargo muy grave que tu amo ha puesto contra ti. Si no te ayudo, puedes ir a parar a la cárcel. Creo que puedo conseguir que el juez te deje en libertad, y hasta que te conceda los corderos que te llevaste. Pero si lo logro, de cada tres corderos tienes que darme dos.

Eso no le pareció justo al muchacho. Saldría con muy poco por todo el trabajo que había hecho. Pero, a fin de cuentas, sería mejor que nada.

—Dígame nomás qué debo hacer —le dijo al abogado.

—Deja que sólo hable yo —el abogado le dijo al muchacho—. Y si alguien te hace una pregunta, responde diciendo *baaa* como una borrega.

—¿Que digo nomás *baaa*? —le preguntó el muchacho.

—Exactamente. No importa qué te pregunte yo, ni qué te pregunte el juez, di nomás *baaa*. El juez va a pensar que eres tan simple e inocente que no te juzgará responsable de las condiciones del contrato.

El muchacho regresó a casa y le contó a su madre el plan del abogado.

—Tal vez dé resultado —dijo ella—. Debe ser un hombre listo. ¿Y cuánto te pide que le pagues?

—Dos tercios de los corderos.

"That's too much," the mother said. "But lawyers aren't the only clever people in the world. I think we can use his cleverness to get the best of him." And she told her son of a plan of her own.

On the day of the trial, the boy met his lawyer at the court. The rancher told the judge, "This boy is a thief. He signed a contract agreeing to tend my sheep in return for food and shelter. I have the paper to prove it. But now he has helped himself to half the lambs born to my flock this spring."

"Your Honor," the boy's lawyer said, "this boy didn't know what he was signing. He was told he would receive half of this year's new lambs, which we all know is the customary pay."

"We're not here to talk about customs," the rancher said. "We're concerned with a legal document." And he handed the paper to the judge.

The judge looked at the paper. "Boy," he said, "if you made your mark on this paper, you must abide by its terms. Is this your mark?"

The boy answered, *"Baaa."*

The judge was startled by the boy's response. "Boy," he said firmly, "this is no time for joking. Did you make the mark on this paper?"

The boy said, *"Baaa."*

"Your Honor," the rancher said, "this boy is a scoundrel. He broke the contract he made with me, and now he's making a mockery of your court."

—Es demasiado —dijo la madre—. Pero los abogados no son las únicas personas listas en el mundo. Creo que podemos usar su propia astucia para ganarle. Y le explicó al hijo su idea.

El día del juicio el muchacho se encontró con su abogado en la corte. El ranchero le dijo al juez: —Este muchacho es un ladrón. Firmó un contrato en que se comprometió cuidar mis borregas a cambio de comida y casa. Aquí tengo el papel para comprobarlo. Y ahora se ha quedado con la mitad de los corderos nacidos en mi rebaño esta primavera.

—Su Señoría —dijo el abogado del muchacho—, este muchacho no sabía lo que firmaba. Le dieron a entender que recibiría la mitad de los corderos nuevos, lo cual, como todos sabemos, es el pago acostumbrado.

—No estamos aquí para discutir costumbres —dijo el ranchero—. Se trata de un documento legal. —Y dio el papel al juez.

El juez revisó el papel. —Muchacho —dijo—, si pusiste tu marca en este papel, tienes que cumplir con las condiciones escritas en él. ¿Es ésta tu seña?

Respondió el muchacho: —*Baaa.*

El juez se sorprendió con la respuesta del muchacho.

—Muchacho —dijo con firmeza—, no es hora de bromear. ¿Pusiste tu marca en el papel, o no?

Respondió el muchacho: —*Baaa.*

—Su Señoría —dijo el ranchero—, este muchacho es un canalla. Rompió el contrato que hizo conmigo, y ahora se burla de este tribunal.

The boy's lawyer interrupted. "No, Your Honor," he said. "This poor, simple boy can't even speak properly. He has spent all his life around sheep and thinks he's one of them. How could he know what he was signing?"

The judge looked at the boy, and then at the rancher, and then at the lawyer. "Boy," he tried once again, "you must answer my question. Did you sign the paper this man has shown me?"

"Baaa."

The judge lost his patience. "This is impossible!" he roared. And he told the rancher, "You are a fool to have hired such a boy in the first place. Let him keep the sheep he deserves. May he tend them in peace. Now get out of my court all of you and give me some peace!"

As they were leaving the court, the lawyer whispered to the boy, "Didn't I tell you it would work? Now you owe me two-thirds of the lambs. In the morning, divide the lambs into groups of three. Take two lambs from each group of three and drive them to my house."

But the boy did what his mother had told him to do. He looked at the lawyer and just said, "Baaa."

The boy's mother was right. This time, the lawyer was tricked by his own cleverness. The boy and his mother kept all the sheep, and all the greedy lawyer got was a good loud baaaaa.

El abogado del muchacho interrumpió: —Nada de eso, Su Señoría. Es que este pobre muchacho ignorante ni siquiera sabe hablar bien. Ha pasado toda su vida con las borregas y piensa que es un borrego. ¿Cómo podía haber entendido lo que firmaba?

El juez miró al muchacho, luego al ranchero, y luego al abogado. —Muchacho —intentó de nuevo—, debes contestar mi pregunta. ¿Firmaste el papel que este señor me ha mostrado?

—*Baaa*.

El juez se enfadó. —¡Es imposible! —rugió. Y le dijo al ranchero: —Usted es un tonto por haber contratado a este muchacho en primer lugar. Deje que se quede con los corderos que le corresponden. Y que los cuide en paz. Y ahora, fuera de mi corte todos y déjenme a mí en paz.

Mientras salían de la corte, el abogado le susurró al muchacho: —¿No te dije que ganaríamos? Ahora me debes dos tercios de los corderos. Mañana divide los corderos en grupos de tres. Toma dos corderos de cada tres y llévalos a mi casa.

Pero el muchacho hizo lo que su madre le había aconsejado. Miró al abogado y le dijo nomás: —*Baaa*.

La madre del muchacho tenía razón. Esta vez el abogado se vio engañado por su propia astucia. El muchacho y la madre se quedaron con todos los corderos, y la única recompensa que recibió el abogado avaro fue un fuerte *baaaaa*.

Watch Out!

¡Cuidado!

ONCE A POOR COUPLE struggled together to make a living from a tiny farm. They were a hardworking people, but their farm was so small and the soil was so poor that they were never able to get ahead. Each winter they ended up eating the seed for the next year's crop, and each spring they had to go to the moneylender in the village and borrow money to buy seeds so that they could plant again.

UNA VEZ UN MATRIMONIO POBRE batallaba por ganarse la vida en una granja pequeñísima. Trabajaban muy duro, pero sus terrenos eran tan pocos y el suelo tan pobre que nunca lograban salir adelante. Cada invierno terminaban comiendo las semillas que debían sembrar el próximo año, y cada primavera tenían que ir al prestamista del pueblo y pedirle prestado el dinero para comprar semillas para la nueva siembra.

And then all year long they had to worry whether they would make enough to pay back the debt. Some years they were forced to be late in their payments, and then the moneylender would torment them with threats to take their small farm away from them.

Finally the year they had dreaded for so long arrived. Between hail in June and grasshoppers in August, hardly enough remained of their crop at harvest time to keep them alive through the winter. There was nothing left over to sell for cash to pay back the moneylender.

The poor couple didn't know what to do. Each time they went to the village, they carefully avoided the moneylender's house for fear that he would rush out and demand payment of them. Each day they watched the road in front of their farm nervously, sure that this was the day the moneylender would arrive to take their land away from them.

And then one Sunday, as they were leaving the village church and starting for home, the couple met up face to face with the moneylender in the center of the village plaza. Just as they had expected, the moneylender immediately demanded payment. "My money is long overdue," he told them. "If you don't pay me this very day, tomorrow I will take possession of your farm."

The poor people pleaded with the moneylender. "Please," they said, "take pity on us. It has been a very bad year, as you know. Next year we'll pay you double."

Durante todo el año se preocupaban si ganarían lo suficiente para pagar la deuda. Algunos años se veían obligados a retrasarse en el pago, y el prestamista los atormentaba con amenazas de quitarles su granjita.

Por fin llegó el año que habían temido por tanto tiempo. Entre el granizo en junio y los chapulines en agosto, apenas les dio la cosecha lo bastante para mantenerse durante el invierno. No sobró nada para vender y sacar el dinero que debían al prestamista.

La pobre pareja no hallaba qué hacer. Cada vez que iban al pueblo, tenían cuidado de no pasar cerca de la casa del prestamista, temiendo que saliera para reclamar el pago. Cada día miraban nerviosos el camino que conducía a su granja, seguros de que ese día el prestamista vendría a quitarles su terreno.

Y luego, un domingo, mientras salían de la iglesia en el pueblo, se toparon cara a cara con el prestamista en el mero centro de la plaza. Tal como habían anticipado, el prestamista les exigió el pago de inmediato: —La deuda está pendiente desde hace mucho —les dijo—. Si no me pagan hoy mismo, mañana tomo posesión de su granja.

Los pobres le rogaron: —Por favor, tenga piedad de nosotros. Ha sido un año de los más malos, como usted ya sabe. Al otro año le pagaremos el doble.

"Take pity?" the moneylender said scornfully. "Haven't I overlooked your late payments year after year? But now you've gone too far. I must have my money immediately, or your farm is mine."

Of course, the plaza was crowded with people leaving the church, and they soon began to notice the discussion between the couple and the moneylender. They gathered around to listen.

The moneylender noticed the crowd around them and began to grow uncomfortable. He didn't want to appear too hardhearted. If he did, people might be too frightened to borrow money from him in the future.

"Very well," the moneylender told the farmer, "Let it never be said that I am unwilling to give people every possible opportunity. And besides, I'm in a playful mood this morning. I'll give you a chance to be free from your debt. Do you see how the ground here in the plaza is covered with pebbles, some white, others black? I will pick up one pebble of each color and hold them in my closed fist. You may reach a finger in and pull out one pebble. If the pebble is black, your debt will be forgiven. You will owe me nothing. If the pebble you choose is white, your farm is mine this day."

¿Que les tenga piedad? —dijo el prestamista con desprecio—. ¿Y no me he hecho de la vista gorda con el retraso de sus pagos año tras año? Pero esta vez han ido demasiado lejos. Necesito mi dinero inmediatamente, o su granja es mía.

Por supuesto, la plaza estaba muy concurrida de gente que salía de la iglesia, y pronto todos se fijaron en la discusión entre la pareja y el prestamista. Se acercaron a escuchar.

El prestamista notó el gentío que los rodeaba y empezó a sentirse incómodo. No quería parecer demasiado despiadado, pues si así pareciera, la gente temería pedirle préstamos en el futuro.

—Ahora bien —el prestamista le dijo al granjero—. Que no diga nadie que yo no doy a la gente cuanta oportunidad posible. Además, me siento dispuesto a probar suerte esta mañana. Le voy a dar la posibilidad de librarse de su deuda. ¿Ve como la tierra aquí en la plaza está cubierta de guijarros, algunos blancos, otros negros? Voy a recoger una piedrita de cada color y tenerlas en mi puño cerrado. Usted puede meter un dedo y sacar un solo guijarro. Si el guijarro resulta ser negro, le perdono la deuda. No me deberá nada. Si el guijarro que saca es blanco, su granja será mía.

The poor farmer had no choice but to agree, although he didn't really trust the moneylender to keep his word. The farmer and his wife watched as the moneylender knelt down and picked up two pebbles from the ground. No one else caught it, but the husband and wife saw that the moneylender had actually picked up two white pebbles. But they couldn't say anything because they knew the moneylender would just pretend to be insulted and throw the pebbles back to the ground and withdraw his offer.

"Are you ready?" asked the moneylender, with a sly smile on his face. He held out his hand with the fingers closed tightly over the two pebbles.

Filled with despair, the farmer reached toward the money-lender's hand, but his wife stopped him. "Wait!" she told him. "Let me choose. This feels like my lucky day."

The farmer quickly agreed, and the woman closed her eyes as if she were concentrating deeply. She took several deep breaths, and then reached out slowly toward the moneylender's closed fist. She seemed to be trembling with nervousness. She pried the fingers open and withdrew one pebble. And then she seemed to tremble even more violently. And she dropped the pebble! A gasp went up from the crowd.

"Oh, no!" cried the woman. "How clumsy of me!" But then she said to the moneylender, "Oh, well. It doesn't matter. There were only two colors of pebbles. Show us which color is left in your hand. The one I dropped had to be of the other color."

El granjero no pudo más que asentir, aunque no confiaba en que el prestamista cumpliera con su palabra. El granjero y su esposa miraron al prestamista agacharse y tomar dos guijarros de la tierra. Nadie más lo captó, pero el hombre y la mujer vieron que en realidad el prestamista había tomado dos guijarros blancos. Pero no podían decir nada porque el prestamista se mostraría ofendido, tiraría los guijarros al suelo y retiraría su oferta.

—¿Está listo? —preguntó el prestamista con una sonrisita maliciosa. Extendió la maño con los dedos apretados sobre los dos guijarros.

Lleno de angustia, el granjero alargó la mano temblando hacia la del prestamista, pero su esposa lo detuvo.

—Espera —le dijo—. Deja que escoja yo. Éste me parece un día de buena suerte para mí.

El granjero consintió sin más, y la mujer cerró los ojos como si se concentrara profundamente. Respiró fuerte varias veces, y luego extendió la mano lentamente hacia el puño crispado del prestamista. Parecía temblar de miedo. Metió un dedo entre los del prestamista y sacó un guijarro. Luego parecía temblar aún más. ¡Y dejó caer el guijarro! Un quejido sordo se escapó de la muchedumbre.

—¡Ay, no! —gritó la mujer—. ¡Qué torpeza de mi parte! Pero luego le dijo al prestamista: —Pero no importa. Solamente había dos colores de guijarros. Muéstrenos cuál es el color del que le queda en la mano. El que yo dejé caer tenía que ser del otro color.

"You're right," said everyone in the crowd, and they all told the moneylender, "Show us which color is left."

Grudgingly the moneylender opened his fist. "It's white!" everyone cried. "The one the woman chose had to be black." And they all began to congratulate the couple.

The moneylender forced a smile and shook the farmer's hand. "Congratulations," he said. And to the woman he added, "So this really was your lucky day. But take my advice, both of you. In the future, watch out that you don't get yourselves into such a position again."

"We will," said the farmer, smiling broadly. "And you, sir, in the future, watch out for clever women!"

The people in the crowd didn't quite know what the farmer was referring to, but the moneylender knew exactly what he meant, and he walked away grumbling to himself.

—Tiene razón —dijeron todos, y le dijeron al prestamista:
—Muéstrenos cuál es el color que queda.

De muy mala gana el prestamista abrió su puño. —¡Es blanco! —gritaron todos—. El que la mujer escogió tenía que ser negro. Y todos se pusieron a felicitar a la pareja.

El prestamista disimuló una sonrisa y le dio la mano al granjero. —Le felicito —dijo. Y se le dirigió a la mujer: —Éste de veras fue su día de suerte. Pero les doy un consejo a los dos. En el futuro, tengan cuidado de no volver a meterse en tales apuros.

—Lo haremos —le respondió el granjero con una sonrisa—. Y usted, señor, en el futuro, ¡tenga cuidado con las mujeres astutas!

Los de la concurrencia no entendieron precisamente lo que quería decir el granjero, pero el prestamista sí comprendió perfectamente, y se fue refunfuñando.

Skin and Bones

Huesos y pellejo*

DOÑA CELESTINA lived all alone in an adobe house in a small mountain village. Even though her children and grandchildren had moved away to the big city, and her husband Ambrosio had gone on to a better world, the old woman was cheerful and didn't complain about her life. She filled her days embroidering *colchas*, tending the flowers that grew in front of her house, and cooking good food which she always loved to share with her neighbors up and down the road.

DOÑA CELESTINA vivía en una casita de adobe en un pueblito entre las montañas. Aunque sus hijos y nietos se habían ido a vivir en una ciudad grande y su marido Ambrosio había pasado a mejor mundo, la viejita se conformaba y no se quejaba de su vida. Se pasaba los días bordando colchas, cultivando las flores que sembraba delante de la casa y preparando buena comida que le encantaba compartir con los vecinos a lo largo del camino.

---

*In English you say *skin and bones*, but in Spanish it's the other way around. You say *bones and skin—huesos y pellejo* (WAY-sos ee pay-EH-ho). In each language people say it the way that's easiest to pronounce.

"*Gracias, doña Celestina,*" the neighbors would say when she showed up at their door with a platter of food, "but you'd better eat this food yourself. Look at yourself, you're nothing but skin and bones."

Doña Celestina would wave her hand and laugh and say, "Don't worry about me. I'm strong as a horse and happy as a honey bee in a field of flowers."

But the truth was that sometimes the old woman felt a little lonely, especially on long, cold winter evenings. So when she heard that her *compadre* Tomás had a dog that just gave birth to a litter of puppies, doña Celestina decided to see if she could adopt one. A good pet might be just the company she needed on lonely evenings.

The next day on her way home from the village, doña Celestina stopped by Tomás' house, and her *compadre* led her out to the barn to see the puppies. There were four little dogs. Two were black puppies and two were white. One black puppy was fat and frisky and one was skinny, shy, and weak-looking. In the same way, there was one fat white pup and one scrawny one.

Tomás picked up one of the chubby pups. "This one will make a good pet for you," he said. And then he pointed at the two thin dogs. "I don't think you'll want one of those," he said. "They're just skin and bones."

The old woman laughed. "That's what they say about me!" she said. "But you're right. I don't want one of those skinny puppies. I want them both! And I know just what I'll call them: *Huesos y Pellejo*—Skin and Bones. The white one will be *Huesos* (*WAY-sos*), and the black one will be *Pellejo* (*pay-EH-hoh*)."

—Gracias, doña Celestina —decían los vecinos cuando la viejita se presentaba a la puerta con un platón de comida—, pero más vale que usted se coma toda esta comida. Mírese nomás, que usted no es más que huesos y pellejo.

Doña Celestina agitaba la mano riendo y les decía: —No se preocupen por mí. Soy más fuerte que un caballo y más feliz que una abeja en un campo de flores.

Pero la verdad era que a veces la viejita se sentía un poco sola, sobre todo en las noches largas y frías del invierno. Así que cuando oyó que su compadre Tomás tenía una perra que acababa de parir una camada de cachorritos, doña Celestina decidió ver si podía adoptar uno.

Al día siguiente, regresando del pueblo a su casa, doña Celestina pasó por la casa de Tomás y su compadre la llevó al establo para mostrarle los cachorros. Había cuatro perritos, dos negros y dos blancos. Un perrito negro era gordo y enérgico, el otro era flaco, tímido y parecía débil. También había un perrito blanco gordo y otro flaquito y tímido.

Tomás tomó uno de los cachorros rechonchos: —Este sería buena mascota para usted —dijo. Y luego señaló los dos perritos flacos—. No creo que usted quiera uno de esos. No son más que huesos y pellejo.

La viejita se rio—. Es lo que dicen de mí —dijo—. Pero usted tiene razón. No quiero uno de esos perritos flacos. ¡Quiero los dos! Y ya sé que nombres les voy a poner: Huesos y Pellejo. El blanco se llamará Huesos, y el negro será Pellejo.

She gave the names a try, cupping her hands around her mouth and calling out:

Hueeeesos…Pelleeeejo!

The two skinny puppies came scrambling to her, as if they already knew their names. Doña Celestina laughed and gathered up her new pets. She carried them home.

Doña Celestina gave her dogs plenty of food and plenty of love, and they weren't skin and bones for long. They grew up to be two big, strong, lively dogs. They spent their days romping through the fields, chasing rabbits, digging for gophers, and running squirrels up trees. But no matter how far away they wandered, if doña Celestina stepped outside and hollered…

¡Hueeeesos! ¡Pelleeeejo!

…her two faithful dogs would come bounding right back to her side.

When doña Celestina had to go to the little store in the village to buy some needles or thread, or maybe a little bit of sugar, she would call her dogs…

¡Hueeeesos! ¡Pelleeeejo!

They'd come running, and then walk beside her into the town. They'd lie patiently outside the store while she did her shopping.

When she went to church in the village on Sunday, she'd call them…

¡Hueeeesos! ¡Pelleeeejo!

They'd sit like two statues by the church door waiting for her to come out. Everywhere doña Celestina went, her two faithful dogs went with her.

Ensayó los nombres. Se llevó las manos a la boca y gritó:

Hueeeesos…Pelleeeejo!

Los dos perritos flacos corrieron a su lado como si ya supieran sus nombres. Doña Celestina se rio y recogió a sus mascotas nuevas para llevarlas a casa.

Doña Celestina les dio mucha comida y mucho cariño a sus perritos y al poco tiempo ya no eran sólo huesos y pellejo. Se convirtieron en dos perros grandes, fuertes y bien vivos. Ya se pasaban los días correteando por los campos, cazando conejos, cavando en busca de tusas y haciendo que las ardillas se huyeran subiendo los árboles. Pero por muy lejos que anduvieran los perros, si doña Celestina salía de la casa y gritaba:

¡Hueeeesos! ¡Pelleeeejo!

Los dos perros fieles llegaban corriendo para pararse a su lado.

Cuando doña Celestina tenía que ir a la tiendita del pueblo para comprar agujas o hilo o un poquito de azúcar, llamaba a sus perros:

¡Hueeeesos! ¡Pelleeeejo!

Los perros venían corriendo, caminaban a su lado al pueblo y se acostaban a esperar con paciencia fuera de la tienda mientras la viejita hacía sus compras.

Cuando la viejita iba a la iglesia en el pueblo los domingos, llamaba:

¡Hueeeesos! ¡Pelleeeejo!

Los perros se ponían como estatuas junto a la puerta de la iglesia, aguardando su salida. Por dondequiera que fuera doña Celestina, los perros fieles la acompañaban.

Now, in the village where doña Celestina lived, as in every little town everywhere, there were some people who liked to gossip and spread rumors. One of the things those people said about doña Celestina was that even though she looked very poor, she really had piles of money—maybe even gold and silver—hidden somewhere in her little house.

And in that village, as in any village, there were many good people—and just a few who were not so good. There was even a thief or two. The story of doña Celestina's hidden treasure reached the ears of one of those not-so-good people, and he decided to investigate. He thought that if he could find treasure in her house, he would help himself to it and go off to live the easy life in some faraway city.

One day, doña Celestina had a little business to do in the village. When she was dressed and ready to go, she stepped outside and called...

¡Hueeeesos! ¡Pelleeeejo!

The two big dogs came running to her and the three of them set out down the road, *Huesos* and *Pellejo* walking obediently by the old woman's side.

As she walked along with her dogs, doña Celestina didn't notice the man who was hiding behind a bush by the side of the road. Of course, her dogs knew he was there, but they paid no attention.

Bueno, en el pueblo donde vivía doña Celestina, como en cualquier pueblo, en cualquier lugar, había gente que le gustaba chismear e inventar habladurías. Una cosa que decía esa gente sobre doña Celestina era que por pobre que pareciera, en realidad tenía montones de dinero—quizá oro y plata—escondido en su casita.

Y en aquel pueblo—como en cualquier otro—había mucha gente buena y una que otra persona no tan buena. Hasta había uno que otro ladrón. El chisme del tesoro escondido de doña Celestina llegó a los oídos de una de esas personas no tan buenas y éste decidió investigar. Pensó que si encontraba el tesoro en la casa se lo llevaría para tener una vida cómoda en una ciudad lejana.

Un día doña Celestina tenía un negocio que hacer en el pueblo. Cuando estaba aseada y lista para irse, salió de su casita y llamó:

¡Hueeeesos! ¡Pelleeeejo!

Los dos perros grandes vinieron corriendo y los tres se encaminaron para el pueblo. Huesos y Pellejo caminaron obedientes al lado de la viejita.

Caminando con sus perros, doña Celestina no se fijó en el hombre escondido detrás de una mata cerca del camino. Por supuesto, los perros lo sintieron, pero no le hicieron caso.

The man was a thief, and as soon as the old woman and her dogs disappeared down the road, he came out from behind the bush and hurried to doña Celestina's house. The door was unlocked—no one locked doors in those days—and he went inside and started searching for the treasure he was sure was hidden somewhere.

The thief looked behind jars of apricot and peach jam in the kitchen cupboards. Nothing. He pounded the walls, listening for a hollow sound. No luck. He looked behind the door. He searched the pockets of the old coat hanging on a hook in the corner. No sign of treasure anywhere. He squeezed the cushions of the one soft chair in the house. He looked under the mattress.

The thief was on his hands and knees, looking under the bed, when he heard doña Celestina's voice outside. "Good dogs!" she said. "Thank you for keeping me company. Now run along, have some fun for yourselves." The dogs were off in a flash, chasing each other through the fields, barking, leaping over fences, dashing from side to side.

The thief quickly crawled under the bed just as doña Celestina was opening the door. The old woman was tired from her walk and sat down in the soft chair to rest a little. But as she looked about the room, she began to notice things that didn't look quite right.

The door of a cupboard was a little bit ajar. The wire screen was moved away from the little fireplace in the corner. The quilt was rumpled on the bed. And…the sole of a man's shoe was peeking out from under the edge of the bed.

Aquel hombre era el ladrón y, tan pronto como la anciana y sus perros se perdieron de vista por el camino, éste salió de su escondite y corrió a la casa de la viejita. La puerta estaba sin llave—pues en aquellos tiempos nadie echaba llave—y el ladrón entró y se puso a buscar el tesoro que creía estar escondido en algún lugar.

Miró detrás de los botes de mermelada de durazno y albaricoque en la despensa de la cocina. Nada. Golpeó las paredes para encontrar un sonido hueco sin resultado. Buscó detrás de la puerta. Palpó los bolsillos de la chaqueta vieja colgada de un gancho en el rincón. Ni rastro de tesoro en ninguna parte. Apretó los cojines de la única butaca en la casa. Miró debajo del colchón.

El ladrón estaba a gatas mirando debajo de la cama cuando la voz de doña Celestina le llegó desde afuera: —Gracias, mis buenos perritos —decía—. Gracias por acompañarme. Ahora, corran, diviértanse. —Los perros salieron disparados, a toda carrera por el campo, ladrando, brincando las cercas y correteando de un lado para el otro.

El ladrón se metió debajo de la cama en el momento que doña Celestina abrió la puerta. La viejita estaba cansada después de la caminata y se sentó en la butaca para descansar. Pero al mirar alrededor de la sala empezó a notar cositas que no parecían normales.

La puerta de la despensa estaba entreabierta. La malla de protección de la chimenea había sido movida. La colcha en la cama estaba desordenada. Y...la suela de un zapato de hombre se asomaba por debajo de la cama.

Doña Celestina started to gasp, but then caught herself. *What shall I do?* she wondered. *Why did I let my dogs run off and play, just when I need them the most?*

But this old woman was clever, and she immediately thought of a plan. She started talking softly to herself: "My feet are so sore," she said and bent over to untie her shoes.

As she rubbed her feet, she went on talking to herself: "Look at these old feet of mine," she said. "Look at these skinny old legs. I used to be so young and strong. But look at me now. I'm nothing but skin and bones—*huesos y pellejo*—just skin and bones." She started shaking her head and raised her voice: *"Soy huesos y pellejo,"* she moaned. "I'm skin and bones."

She lifted her hands as though she was filled with despair. She cried out, "I'm just skin and bones. *Soy huesos y pellejo.*" And then she wailed:

¡Hueeeeesos! ¡Pelleeeeejo!

Out in the field, the two big dogs stopped suddenly and pricked up their ears. They forgot the rabbit they were chasing and went racing to the house. They pushed the door open and came tumbling inside.

Doña Celestina pointed at the shoe under the bed and the dogs knew just what to do. Growling and snarling they went diving under the bed. The thief crawled out backwards, hollering at the top of his voice, with the dogs climbing all over him. He struggled to make it to the door and then ran down the road. And the two big dogs were right at his heels.

Doña Celestina quiso boquear, pero se detuvo. "¿Qué debo hacer?" se preguntó. "¿Por qué dejé que mis perros se fueran justo cuando más los necesitaba?"

Pero esta viejita era muy lista y pronto se le ocurrió un plan. Comenzó a hablarse en voz baja: —Como me duelen los pies —se dijo y se agachó para desatarse los zapatos.

Mientras se masajeaba los pies seguía hablando: —Mira estos pies tan viejos que tengo —dijo—. Mira estas piernas tan flacas y gastadas. Yo antes era tan joven y fuerte. Y ahora, mira como soy. La gente tiene razón. No soy más que huesos y pellejo. Puros huesos y pellejo. —Y empezó a mover la cabeza, hablando más fuerte: —Soy huesos y pellejo —gimió—, huesos y pellejo.

Levantó las manos como si estuviera desesperada. Dijo en voz alta: —Soy huesos y pellejo. —Y luego gritó a todo pulmón:

¡Hueeeeesos! ¡Pelleeeeejo!

Allá en el campo, los perros grandes se pararon en seco y agudizaron los oídos. Olvidaron del conejo que estaban rastreando y corrieron hacia la casa. Empujaron la puerta y se abalanzaron adentro.

Doña Celestina señaló el zapato al borde de la cama y los perros supieron qué hacer. Se lanzaron debajo de la cama, gruñendo y mordisqueando. El ladrón retrocedió a gatas gritando a todo volumen, con los perros encima. Hizo fuerza para alcanzar la puerta y se fue corriendo por el camino. Los dos perros grandes lo siguieron pegaditos, dándole mordiscos.

By the time the dogs let him go and turned to run back to doña Celestina's house, the thief still had all his *huesos*, but he was missing some big chunks of *pellejo*. He didn't even stop in the village. He kept going until he was far away, and he was never seen around there again.

Of course, doña Celestina told everyone in the village what had happened and the people were so proud of those two good dogs that the town wood carver got busy and made two big, life-size statues of them. One of them he painted black and one he painted white. And he placed them beside the door of the village church.

If you visit that village someday, you'll see the two statues. They're all weathered and cracked, and of course the paint faded away years ago. But if you happen to see one of the villagers passing by, and if you ask them why those wooden dogs are there, they'll stop and put their hands to their mouth and call out...

¡Hueeeeesos! ¡Pelleeeeejo!

And then they'll tell you this story.

Para cuando los perros lo dejaron y se dieron vuelta para regresar a la casa de doña Celestina, al ladrón le quedaban todos los huesos, pero le faltaban varios pedazos de pellejo. Ni se detuvo en el pueblo. Siguió corriendo hasta llegar bien lejos y nunca jamás se sabía de él es esas partes.

Por supuesto, doña Celestina contó lo sucedido a todo el mundo en el pueblo y los poblanos quedaron tan orgullosos de los dos perros buenos que el tallador de madera del pueblo se puso a tallar dos estatuas de tamaño natural de ellos. Pintó una estatua de negro, la otra de blanco y las puso a cada lado de la puerta de la iglesia.

Si algún día tú visitas el pueblo, vas a ver las estatuas. Ya están malogradas y agrietadas y, por supuesto, la pintura se les cayó hace mucho. Pero si ves pasar a un poblano y le preguntas por qué están ahí esos perros de madera, se parará y se llevará las manos a la boca y gritará:

¡Hueeeeesos! ¡Pelleeeeejo!

Y luego te contará esta historia.

Who'll Buy My Ring?

¿Quién compra mi anillo?

THERE IS AN OLD STORY about a royal family made up of a king, a queen, and their only daughter, the princess. At the time the story starts, they were all very sad. They were sad because the queen had become sick. The king sent for all the doctors in the land, but none was able to help. In desperation, he sent for all the doctors in the world. Still none was able to help. It was clear that the queen was going to die.

HAY UN CUENTO VIEJO de una familia de reyes, el rey, la reina y su hija única, la princesa. Cuando comienza la historia, todos estaban muy tristes. Estaban tristes porque la reina se había enfermado. El rey mandó a llamar a todos los médicos del reino, pero ninguno resultó capaz de ayudar. Desesperado, el rey mandó a llamar a todos los médicos del mundo. Ninguno sirvió. Quedó claro que la reina se iba a morir.

The night before she died, the queen called the king to her bedside. She took the beautiful gold ring from her slender finger and said, "Husband, I will soon be leaving this world, and after I'm gone, you will need to find another queen. Keep this ring, and when you find a woman whose ring finger is just the right size to wear it, take that woman as your new wife." Before the sun set the next day, the queen had died.

For two years the king mourned for his wife. And then he began to look for a new queen. He traveled the length and breadth of the country, asking every woman he met to try the ring on her finger. Some women had fingers so plump that the ring went only to the first knuckle. Others had fingers so thin that they went through the ring like a straw through a wagon wheel. But no woman's finger was just the right size. The king lost all hope and returned to his castle in despair.

That evening the king sat staring in dismay at the ring, which lay before him on his royal table, and his daughter, the princess, came to welcome him home. As she talked to her father, the princess picked up the ring and began to play idly with it. She happened to slip it onto her finger. It fit her perfectly!

The king leaped to his feet. "So!" he shouted. "You are the one the ring fits. You must be my wife."

The princess' face turned white. "Father," she cried, "what are you saying? I am your daughter. I can't be your wife. It's against every law in the land."

La noche antes de que falleciera, la reina le pidió al rey que viniera a su dormitorio. Se quitó el precioso anillo de oro que tenía en el dedo delgado y le dijo: —Marido mío, estoy por irme de este mundo y cuando ya no exista, tendrás que encontrar otra reina. Guarda este anillo y cuando encuentres a la mujer a quien le venga en el anular, tómala como tu nueva esposa. —Y antes de que el sol del próximo día desapareciera al poniente, la reina murió.

Durante dos años el rey estuvo de luto por la esposa perdida. Luego comenzó a buscar una nueva reina. Recorrió el reino entero, pidiéndole a cada mujer con quien se encontraba que se probara el anillo. Algunas tenían los dedos tan gordos que el anillo sólo les llegaba hasta el primer nudillo. Otras tenían los dedos tan flacos que pasaban por el anillo como paja por la rueda de un carrete. Pero ninguna tenía el dedo perfecto. El rey se desesperó y volvió al castillo desconsolado.

Aquella tarde el rey se sentó a la mesa real, contemplando el anillo sin ánimos y su hija, la princesa, llegó para darle la bienvenida a casa. Mientras hablaba con su padre, la princesa tomó el anillo de la mesa y comenzó a juguetear con él distraidamente. Sucedió que metió el dedo en el anillo y ¡le quedó perfectamente!

El rey se levantó de un salto: —¡Caramba!, —gritó—. Eres tú a quien el anillo le viene. Tienes que ser mi esposa.

La princesa palideció: —Padre —gritó—, ¿qué estás diciendo? Soy tu hija. No puedo ser tu esposa. Va en contra de todas las leyes del mundo.

"I am the king," her father roared. "I make the laws, and I'll break them as I please. I say you must be my wife."

"Never!" replied the princess.

But the king pounded the table and said, "You shall be my wife. You may have twenty-four hours in which to prepare yourself for the wedding. And if you continue to refuse, you'll pay the price for disobeying the king."

The princess ran from the room, with the ring still on her finger. She went straight to the royal carpenter. "Make me a box out of wood," she told the carpenter, "and seal it so tight that no water can seep into it. It must be finished before the sun rises tomorrow morning."

The carpenter did as he was told, and before sunrise the next day the princess climbed into the wooden box. "Fasten the lid tightly on the box," she told the carpenter, "and then throw me into the river that runs past the castle. My father says I must marry him, but before I do that I'll float to the end of the earth, or sink to the bottom of the sea."

The carpenter fastened the lid tightly to the box and threw it into the river, and the princess floated away with the current, just as the sun was beginning to rise. All day long the king and his servants searched the castle for the princess, but of course they couldn't find her. And the carpenter didn't breathe a word about what he had done. The king concluded that his daughter must either be dead or gone from his life forever, and a great sadness came over him.

—Yo soy el rey —su padre bramó—. Yo hago las leyes y las quiebro a mi antojo. Asevero que tienes que ser mi esposa.

—¡Nunca! —replicó la princesa.

Pero el rey golpeó la mesa y dijo: —Serás mi esposa. Te doy vienticuatro horas para que te prepares para la boda. Y si persistes en negarte, me las pagarás por tu desobediencia.

La princesa salió corriendo con el anillo en el dedo. Fue directo donde el carpintero real y le dijo: —Hágame un cajón grande de madera. Lo tiene que sellar bien para que no pueda entrar agua. Lo tiene que tener listo antes de la salida del sol.

El carpintero hizo lo encargado y antes de que amaneciera el otro día la princesa se metió en la caja: —Cierre la tapa bien apretada —le dijo al carpintero— y tire la caja al río que pasa por el castillo. Dice mi padre que tengo que casarme con él, pero antes de hacerlo iré a la deriva hasta el fin de la tierra, o me hundo hasta el fondo del mar.

El carpintero fijó la tapa bien al cajón y lo echo al río y la princesa se fue flotando río abajo en el momento en que el sol comenzaba a salir. El rey y sus sirvientes buscaron a la princesa por todos los rincones del castillo, pero por supuesto que no la encontraron. Al carpintero no se le escapó palabra alguna de lo que había hecho. El rey dio a la princesa por desaparecida sin remedio y le entró una tristeza enorme.

But the princess didn't float to the end of the earth, or even to the open sea. Just a few miles downstream from the city which surrounded the castle the box drifted close to the riverbank and became tangled in the reeds at the water's edge. Later that morning an old woman who lived in a cottage near the river spotted the box. With the help of a neighbor, she carried the box to her house, and when she opened it she saw that there was a princess inside.

"My poor child," the old woman said, "who could have done such a thing to you?"

"I did it to myself," the princess said, and then she told the old woman all that had happened.

The old woman listened silently as the princess spoke, sometimes nodding in sympathy, sometimes shaking her head in dismay, and when the tale was finished, the old woman said, "Kings have their laws and their power, but an old women has her power too. Stay here with me, my child. Rest from your troubles. Perhaps I can think of some way to help."

The princess spent several peaceful days resting in the cottage while the old woman went on with her simple daily life. And then one day when the old woman was kneading the dough for a loaf of bread she stopped short. "Aha!" she said. "I know just what to do."

The old woman went to a large wooden chest in the corner of the room and began pulling out old coats and blankets and shoes, until finally she withdrew a ring of clear crystal glass from the very bottom of the chest. The next day was market day and the old woman dressed herself in her best clothes and

Pero la princesa no flotó hasta el fin de la tierra, ni siquiera hasta el mar abierto. Unas cuantas millas río abajo de la ciudad que rodeaba el castillo, la caja se acercó a la orilla y se enmarañó en el carrizal al borde del agua. Un poco más tarde la viejita que vivía en la casita cerca del río la vio. Con la ayuda de un vecino, llevó la caja a su casa y, cuando la abrió, vio que una princesa estaba dentro.

—Pobrecita, —le dijo la viejita— ¿quién te habría hecho tal cosa?

—Yo misma me lo hice —le dijo la princesa y luego le contó a la viejita todo lo sucedido.

La viejita escuchó sin comentar mientras hablaba la princesa, a veces moviendo la cabeza compadecida, a veces desconcertada y, cuando se terminó el relato, la viejita dijo: —Los reyes tienen sus leyes y su autoridad, pero una viejita tiene fuerzas también. Quédate aquí conmigo, hijita. Descansa de tus aflicciones. A ver si encuentro la manera de ayudarte.

La princesa pasó varios días tranquilos, descansando en la casita mientras la viejita seguía con su vida sencilla. Luego, un día, cuando la viejita estaba amasando un pan, se detuvo en seco: —¡Ajá! —dijo—, ahora sé exactamente lo que debo hacer.

La viejita fue a un baúl de madera en un rincón y comenzó a sacar abrigos viejos y cobijas y zapatos gastados, hasta llegar al fondo y encontrar un anillo de vidrio cristalino. El próximo era día de mercado y la viejita se vistió con su mejor ropa y

set out for the city where the king's castle stood. The streets of the city were filled with peddlers and merchants of all kinds, each one singing the praises of his wares. The old woman went straight to the castle and stood on the street right outside the gate. She sang out as loudly as she could:

Who will buy my crystal ring?

It was made for a king.

One of the servants heard the old woman's chant and thought, *I'll tell my master about this old woman. If her ring is truly made for a king, only a king should own it. Maybe it will cheer him up.*

The servant told the king and he went outside and asked to see the old woman's ring. It was the most perfect crystal ring the king had ever seen and he was prepared to pay whatever price the old woman asked. "How much do you want for this ring?" he demanded.

"Oh, not so very much," the old woman told him. "Just bring me a big loaf of bread. But your baker must follow this recipe." And the old woman pulled a wrinkled paper from under her shawl. A recipe for bread was written on the paper.

The king took the recipe to his baker, and when the baker looked at it he said, "Your majesty, this bread won't taste very good. The recipe doesn't include any salt."

But the king just waved a hand and said, "Don't worry about that. Just do as the old woman wishes. I must have that ring."

Soon a warm, delicious-looking loaf of bread was ready and the king carried it out to the old woman. But she told him, "Don't give the bread to me. Break up the loaf and give a bit of bread to each person in the crowd here on the street."

se fue para la ciudad donde se encontraba el castillo del rey. Las calles estaban concurridas de vendedores de toda clase, cada uno pregonando y alabando sus mercancías. La viejita fue directo al castillo y se paró en la calle enfrente del portón. Cantó a todo pulmón:

¿Quién me compra un lindo anillo?

Fue hecho de cristal para el rey del castillo.

Uno de los sirvientes oyó el canto de la viejita y pensó: "Debo avisar al amo de esta viejita. Si es cierto que el anillo fue hecho para un dedo real, le corresponde a él. A lo mejor lo anima un poco".

El sirviente le informó al rey y éste salió y le pidió a la viejita ver su anillo. Era el anillo de cristal más perfecto que el rey hubiera visto nunca y estaba dispuesto a comprarlo a cualquier precio que la viejita le pidiera: —¿Cuánto quiere usted por el anillo? —preguntó.

—Bueno, no mucho —le respondió la viejita—. Sólo quiero un pan grande. Pero su panadero tiene que usar esta receta. —Y la viejita sacó un papel arrugado que tenía debajo del reboso. Una receta de pan estaba escrita en el papel.

El rey le llevó el papel a su panadero y cuando el panadero leyó la receta le dijo: —Su majestad, este pan no va a saber bien. La receta no incluye sal.

Pero el rey agitó la mano y dijo: —No te preocupes. Sólo haz lo que se le antoja a la viejita. Estoy decido a tener ese anillo.

Pronto, un pan caliente y de aspecto delicioso estaba listo y el rey se lo llevó a la viejita. Ella le dijo: —No me dé el pan a mí. Repártalo en pedacitos a cada persona de la muchedumbre aquí en la calle.

The king did as she told him, but when they tasted the bread, the people said, "Something is missing from this bread. It has no flavor."

The king returned to the old woman and said, "Give me my ring. I've done as you asked. Although as you see, your recipe was missing an important ingredient, and the bread was distasteful to everyone."

As the old woman handed him the ring, she shrugged her shoulders and said, "Bread made with no salt is unhealthy. It's like a father with no feelings for his child." And then she turned and walked away without saying another word.

The old woman's words annoyed the king. "Foolish old witch," he muttered to himself as he walked back into the castle. But somehow what she had said kept coming back to his mind.

When market day arrived the following week, the old woman again dug into her chest. She found a precious silver ring. Again, she stationed herself by the castle gate and sang out:

Who will buy my silver ring?

It was made for a king.

Remembering the fine ring he had purchased from the old woman the week before, the king went down to speak to her. When he asked the price of the silver ring, the old woman again requested a loaf of fresh bread, and handed the king a recipe. When the baker saw the recipe, he shook his head. It contained the right amount of salt, but this time it called for two big handfuls of pepper.

El rey lo hizo, pero cuando la gente probaba el pan decía:

—A este pan le falta algo. No tiene buen sabor.

El rey volvió donde la viejita y le dijo: —Déme el anillo. He hecho lo que me pidió. Pero, como usted puede ver, al pan le faltaba un ingrediente importante y no le gusta a nadie.

A medida que le entregaba el anillo la viejita encogió los hombros y dijo: —Pan hecho sin sal no es saludable. Es como un padre que no le tiene cariño a su hija. Luego dio media vuelta y se fue sin decir otra palabra.

Las palabras de la viejita enfadaron al rey: —Bruja loca — masculló entre dientes mientras caminaba al castillo. Pero por algún motivo, las palabras de la vieja resonaban en su mente.

Cuando llegó el día de mercado la próxima semana, la viejita volvió a buscar en el baúl. Encontró un anillo precioso de plata. Otra vez fue a pararse junto al portón del castillo y cantó:

¿Quién me compra un lindo anillo?

Fue hecho de plata para el rey del castillo.

Acordándose del anillo hermoso que había comprado de la viejita la semana anterior, el rey bajó para hablar con ella. Cuando preguntó el precio del anillo de plata, la viejita le pidió otro pan recién horneado y le dio la receta. Cuando el panadero vio la receta, movió la cabeza. Sí incluía la cantidad normal de sal, pero esta vez incluía dos puñados de pimienta.

As the king expected, the old woman told him to distribute the bread among the people gathered there on the street. But as soon as they tasted the bread, they all spit it out in disgust.

"You foolish old woman," the king said, "your recipe included an ingredient that doesn't belong in bread. Not even the hungriest of beggars could tolerate its taste. It is offensive to everyone."

The old woman shrugged as she handed the ring to the king and said, "Bread made with pepper is offensive to everyone. It's like a father who has improper feelings for his child."

Before the king could reply, or even fully catch the words the old woman had spoken, she walked away.

The king slammed the door as he walked back into the castle. "I should have that old witch run out of the country," he said to himself. But the old woman's words stayed with him, and he spent several sleepless nights thinking about them.

The next week on market day, the old woman removed the gold ring from the princess' hand. With it, she returned to the castle and called out:

Who will buy my golden ring?

It was made for a king.

The king had made up his mind he would have nothing more to do with the old woman, but when he heard that it was a gold ring she was offering, he couldn't resist.

As usual the old woman handed him a recipe for a loaf of bread and the king took it to his baker. "Here is another of the foolish old witch's recipes," the king said. "This one will probably poison everyone on the street."

Tal como el rey esperaba, la viejita le dijo que distribuyera el pan entre la gente de la calle. Pero tan pronto la gente probó el pan, lo escupió indignada.

—Viejita zonza —le dijo el rey—, su receta incluía un ingrediente que no es propio del pan. Ni siquiera el pordiosero más hambiento toleraba el sabor. Los ofendió a todos.

La viejita se encogió de hombros y le entregó el anillo al rey. Dijo: —Pan hecho con pimienta es ofensivo. Es como un padre que tiene sentimientos indebidos para su hija.

Antes de que el rey pudiera responder o comprender bien las palabras de la viejita, ella se fue por la calle.

El rey cerró la puerta con un golpe al entrar en el castillo, diciendo para sí: —Debería haber desterrado a esa bruja vieja. —Pero las palabras de la viejita le quedaron grabadas en la mente y pasó varias noches sin dormir, pensando en ellas.

La semana siguiente en el día de mercado la viejita quitó el anillo de oro del dedo de la princesa. Con él regresó al castillo y cantó:

¿Quién compra un lindo anillo?

Fue hecho de oro para el rey del castillo.

El rey había decidido no tratar más con la viejita, pero cuando oyó que ofrecía un anillo de oro, no pudo resistir.

Como siempre, la viejita le dio la receta de un pan y el rey la llevó al panadero—. Aquí tienes otra receta de la bruja loca —le dijo el rey—. A ver si este pan no envenena a toda la gente de la calle.

The baker looked at the recipe and said, "Oh, no, Your Majesty. This is the recipe for a perfect loaf of bread. Everyone will be pleased and well nourished by this bread."

Once again, the king distributed the loaf throughout the crowd and he was pleased to see the smiles all about him as the people enjoyed the delicious bread.

"So," the king said to the old woman, "finally you've got everything right in your recipe. The people are well fed by this bread."

The old woman nodded and handed him the ring. "Bread made just right is wholesome and nourishing. It's like a father who feels for his child just what he should feel for her."

At first the king felt anger rising again, but then a great feeling of sadness came over him. And when he looked at the ring the old woman had placed in his hand, he recognized it immediately. He realized that the old woman must know how to find his daughter.

The king begged the old woman to help him win his daughter's forgiveness, which of course she did. In time the princess moved back into her father's castle. They lived together as a father and daughter should live. And every night with their supper they shared a loaf of bread made as a loaf of bread should be made.

And when the king finally fell in love with a woman he wanted to marry, he didn't even bother to check whether her fingers were fat, slim, or medium size.

El panadero revisó la receta y dijo: —¡Oh! no, su majestad. Ésta es la receta de un pan perfecto. Todo el mundo va a quedar contento y satisfecho con este pan.

Otra vez, el rey distribuyó el pan entre la muchedumbre y se alegró al ver sonreír a la gente mientras se comía el pan delicioso.

—Así que por fin tiene la receta correcta —le dijo a la viejita—. La gente está satisfecha con su pan.

La viejita afirmó con la cabeza y le dio el anillo: —Pan hecho de la fórmula correcta es saludable y satisface. Es como un padre que siente por su hija exactamente lo que es debido sentir.

Al principio el rey sintió nacer otra vez el enojo, pero luego le embargó una gran tristeza. Cuando miró el anillo que la viejita le había puesto en la mano, lo reconoció de inmediato y se dio cuenta de que la viejita debía saber cómo encontrar a su hija.

El rey le suplicó a la viejita que lo ayudara a conseguir el perdón de su hija y, por supuesto, ella lo hizo. Con el tiempo, la princesa regresó a vivir otra vez en el castillo de su padre. Convivían de la manera que conviene a un padre e hija y cada noche compartían un pan hecho con la receta perfecta.

Y cuando al fin el rey se enamoró de otra mujer con quien quería casarse, ni se tomó la molestia de verificar si tenía los dedos gordos, delgados o medianos.

Caught On a Nail

Enganchado en un clavo

IN A LITTLE FARMING VILLAGE hidden in a mountain valley they tell a funny story about three young men who fell in love with the same girl. The girl wasn't really interested in any of the three, and the young men just about drove her crazy trying to win her attention.

Almost every night at least one of them would stand outside her window and sing love songs to her. Sometimes two of them, or even all three, would show up on the same evening.

EN UN PUEBLITO CAMPESINO perdido entre las montañas cuentan un cuento gracioso de tres jóvenes que se enamoraron de la misma chica. A la muchacha no le interesaba ninguno de los tres y por poco la vuelven loca con sus esfuerzos por llamar su atención.

Casi todas las noches llegaba uno de los jóvenes a pararse fuera de la ventana de la muchacha y cantarle canciones de amor. A veces dos, o hasta los tres, venían en la misma noche.

Then there would be a howling contest to see who could sound loudest and most forlorn. In the daytime, they tried to impress her by racing past her house on fast horses. Whenever she walked on the street, one of the young men would hurry to catch up to her and have a conversation, or offer her a flower.

No matter how much the girl ignored those men, or told them right out that she didn't like them, they wouldn't leave her alone. Finally she came up with a plan to teach them a lesson.

First she went to a carpenter in the village. "How much do you charge to make a coffin?" she asked the carpenter. When he told her the price, she said she would pay him twice that amount if he would make a coffin without telling anyone about it and haul the coffin to an empty house that stood at the edge of the village. Everyone claimed the house was haunted. They said strange lights were seen in that house.

It was all agreed on. And then, the next time the girl walked through the town, one of the young men came up to her to start a conversation. She told him, "You know that old, empty house at the edge of the town? If you go there at eleven-thirty tonight, you'll see a coffin in the house. And there will be a candle burning at the head of the coffin. If you're brave enough to get into the coffin and cover your face like a dead man and lie there all night long, I might like to get to know you a little bit better."

The young man was delighted that she had finally taken notice of him, and he swore he could do just as she told him.

Later that day the second of the young men tried to speak to her and she told him, "You know that empty house

Luego se daban a una competencia de aullar a cual más recio y desesperado. De día pasaban por su casa a toda carrera en caballos brillosos para impresionarla. Siempre que paseaba por el pueblo, uno de los jóvenes se apresuraba a alcanzarla y entablar una plática u ofrecerle una flor.

No importaba cuánto los desairara, o les dijera sin rodeos que no le caían bien, no querían dejarla en paz. Finalmente, a ella se le ocurrió la manera de darles una lección.

Primero, fue al taller del carpintero del pueblo. —¿Cuánto cobras por hacer un ataúd? —le preguntó. Cuando el carpintero le dio el precio, ella ofreció pagarle el doble si hacía el cajón sin decir nada a nadie y si lo llevaba a la casa abandonada al borde del pueblo. Todos decían que esa casa estaba embrujada. Se veían luces misteriosas en la casa, decían.

Todo quedó arreglado. Luego, la próxima vez que la muchacha caminó por el pueblo, uno de los jóvenes se acercó para conversar y ella le dijo: —¿Conoces esa vieja casa abandonada en las afueras del pueblo? Si vas allá esta noche a las once y media, vas a ver un ataúd en la casa. Y va a haber una vela prendida en la cabecera del cajón. Si tú te atreves a meterte en el cajón y te cubres la cara con una tela, como un muerto, y pasas toda la noche acostado ahí, es posible que quiera conocerte un poco mejor.

El joven se alegró de que por fin le prestara atención y juró hacer lo que le había pedido.

Poco más tarde, el segundo de los jóvenes intentó hablar con ella y a él le dijo:

—¿Conoces esa casa abandonada en las orillas del pueblo?

out at the edge of town? If you go there at fifteen minutes before midnight tonight, you'll see a coffin in that house. There will be a dead man lying in the coffin. If you're brave enough to pull a chair up next to the coffin and pray over the dead body all night long, I just might talk to you from time to time."

The second young man was delighted too. He said he wasn't the least bit afraid to do as she asked.

Later, when she met up with the third young man, she told him, "You surely know that abandoned house at the edge of the town. If you go to the house right at midnight tonight, you'll see a dead man in a coffin. There will be another ghost in a chair beside the coffin saying prayers. If you are brave enough to dress up like the devil—with your face all blacked with charcoal and cow horns tied to your head—and dance around those dead men all night long, I would enjoy the pleasure of your company."

Of course the third young man said he would do it.

A little before eleven-thirty that night the girl went to the house. The coffin was there, just as the carpenter had promised. She lit a candle at the head of the coffin, and then hid in a back room to see what would happen.

Sure enough, at eleven-thirty, the first young man arrived at the house. The girl saw him trembling as he climbed into the coffin. Then he pulled a cloth over his face and lay perfectly still.

Fifteen minutes later the second young man arrived. He dragged an old chair over near the coffin and began to pray in a quivering voice. The rosary beads rattled in his fingers.

Si vas a la casa a las doce menos cuarto, vas a ver un cajón en la casa. Habrá un muerto tendido en el ataúd. Si tienes valor para arrimar una silla al ataúd y rezar junto al muerto toda la noche, creo que me gustaría hablar contigo de cuando en cuando.

El segundo también se alegró. Dijo que no tenía el menor miedo de hacerlo.

Después, cuando se topó con el tercer joven, le dijo: — Tú seguramente conoces la casa abandonada en las orillas del pueblo. Si vas allá a la medianoche en punto, vas a ver un muerto en un ataúd. Verás otra ánima en una silla al lado rezando. Si eres bastante valiente como para vestirte de diablo, con la cara cubierta de carbón y cuernos de vaca amarrados a la cabeza, y bailas alrededor de los fantasmas toda la noche, me complacería pasar un rato en tu compañía.

Por supuesto que el tercero también prometió hacerlo.

Un poco antes de las once y media la muchacha fue a la casa. El cajón estaba ahí dentro, así como el carpintero había prometido. Prendió una vela en la cabecera del ataúd y luego se fue a esconder en un dormitorio de atrás para espiar.

Efectivamente, a las once y media, el primer muchacho llegó a la casa. Vio el ataúd vacío con la vela alumbrando la cabecera. La muchacha lo vio estremecerse cuando se metía en el cajón y se tapaba la cara con una tela. Luego quedó perfectamente quieto.

A los quince minutos el segundo joven llegó. Arrimó arrastrado un sillón viejo y comenzó a rezar en voz trémula. Las cuentas del rosario sonaban entre sus dedos.

Suddenly, just at midnight, the young man in the chair looked up and saw the devil come dancing through the door. "Oh, my Lord," he shouted. "It's the devil!"

The first young man jumped up out of the coffin. "You're not going to get me yet!" he hollered at the devil and went diving out a window.

When the young man in the devil suit saw what he thought was a dead man jump up out of his coffin and then dive out a window, he spun around and ran right back out the door. Down the road they went, the dead man hollering at the top of his voice, "No! No!" and the devil right behind him at every step.

But the other young man didn't even get up out of his chair. He just kept praying louder than ever. The girl couldn't help but be impressed. She came out of her hiding place and said to the young man, "You really are brave. You didn't run away."

The young man turned his white face toward her. "How do you expect me to run?" he asked. "My pants are stuck on a nail!"

And just then the nail popped out of the chair. The young man fell to the floor face first and then jumped up and ran down the road after the other two.

The next day the girl told everyone in the village what had happened, and the young men were so embarrassed, they never bothered her again.

And to this day, in that village when someone has done something that seems to have taken a lot of courage and brags about it, people will say to him, "Maybe you're brave. Or maybe your pants just got caught on a nail!"

Por casualidad, a la medianoche en punto, el joven sentado levantó la vista y vio al diablo entrar bailando por la puerta.

—¡Ay!, Dios mío —gritó—. ¡Es el diablo!

El primer joven brincó del cajón—. A mí no me vas a agarrar —gritó al diablo. Y salió lanzándose por una ventana.

Cuando el joven disfrazado de diablo vio al que daba por muerto saltar del ataúd y tirarse por una ventana, dio media vuelta y salió disparado de la casa. Lo dos se fueron corriendo por el camino. El "muerto" gritaba a todo pulmón: —¡No. No! —y el diablo lo seguía pegadito.

Pero el tercero no se levantó de la silla. Seguía rezando, cada vez más recio. La muchacha quedó impresionada. Salió de su escondite y le dijo al muchacho: —Tú sí eres valiente. Tú no corriste.

El joven le volvió la cara pálida: —¿Cómo quieres que corra? —balbuceó—. Se me engancharon los pantalones en un clavo.

En eso, el clavo se desclavó de la silla. El muchacho cayó de bruces en el piso y luego se levantó y se puso a correr tras los otros.

Al otro día la muchacha contó el chiste a todo el mundo y a los tres jóvenes les dio tanta vergüenza que no volvieron a molestarla jamás.

Y todavía hoy, en ese pueblo, cuando alguien hace algo que parece muy atrevido y se hace el valentón, la gente le dice: —Bueno, a lo mejor eres valiente. O puede que se te engancharan los pantalones en un clavo.

Be a Good Neighbor

Hazte buen vecino

EVERYONE KNOWS how nice it is to have good neighbors—and how unpleasant it can be to have a bad one. But in the little farming villages, way back in the old days, good neighbors were extremely important. In those times, people had to depend on one another much more than they do now.

TODO EL MUNDO SABE lo bueno que es tener buenos vecinos—y lo desagradable que es tener malos. En los pueblitos agrícolas, allá en los tiempos muy pasados, los buenos vecinos valían muchísimo. En aquellos tiempos, la gente se ayudaba mucho más que hoy en día.

In fact, people were so afraid of having bad neighbors that someone made up this humorous prayer:

> From murderers and thieves,
>
> Oh, Lord, be my savior.
>
> And from earthquakes and from storms,
>
> And from that bad neighbor!

Now, back in those times an old widow named Dorotea lived with her only son, Felipe, on a small piece of land close to a mountain village. Her neighbors were an old couple—Jerónimo and Marcelina. They had no children. Both Dorotea and her neighbors owned cows.

Every summer Felipe would take his mother's cows to the mountains to graze in the high pastures. The neighbor Jerónimo used to herd his cows up to the mountains every summer, but now that he was too old and stiff to ride a horse, his cows spent the summer close to home.

One morning in June, just a couple of weeks after Felipe had driven his mother's cows to the mountains, the old woman felt a tremendous hunger for some meat. She told her son, *"Hijo,* go and ask our neighor Jerónimo to lend me a calf. I'm dying to eat some meat. I'll repay him when you bring the cows home from the mountains in September.

The young man did as he was told, and Jerónimo invited him to take whichever calf he liked best. Felipe chose the fattest calf in the corral.

De hecho, la gente temía tanto tener un mal vecino, que alguien inventó esta oración chistosa:

Líbreme Dios
De ladrón y asesino,
De tormentas, terremotos,
¡Y del mal vecino!

Bueno, en aquellos tiempos remotos una viuda que se llamaba Dorotea vivía con su hijo único, Felipe, en un terrenito cerca de un pueblo en las montañas. Sus vecinos eran una pareja de ancianos, Jerónimo y Marcelina. No tenían hijos. Tanto Dorotea como los vecinos tenían unas vacas.

Cada verano Felipe llevaba las vacas de su madre a las montañas para pastar en las praderas altas. El vecino Jerónimo antes llevaba su ganado a las montañas en el verano, pero ya que estaba muy viejo y tieso para montar a caballo, sus vacas pasaban el verano cerca de la casa.

Una mañana en junio, un par de semanas después de que Felipe llevó las vacas de su madre a las montañas, a la vieja le dio un deseo tremendo de comer carne. Le dijo a su hijo:

—Hijo, pídele a Jerónimo que me preste un becerro. Me muero de ganas de comer carne. Dile que se lo devuelvo cuando traigas las vacas a casa en septiembre.

El hijo hizo lo que le pidió y Jerónimo le invitó a que se llevara cualquier becerro que prefiriera. Felipe escogió el becerro más gordo que había en el corral.

Dorotea feasted on the meat of that calf for a week. It seemed to be just what she needed to regain her strength and good spirits. But then, to everyone's surprise, at the end of the week the old widow died in her sleep.

"Oh, well," the people said, "at least her last wish in this world was granted."

Of course, all of Dorotea's land and cattle passed into the hands of her son Felipe.

The summer went by quickly, and when the chilly days of fall arrived, Felipe went to the mountains to bring home the cows. A few days later Jerónimo knocked at the door of his neighbor's house and asked Felipe to pay back the calf that had been lent to Dorotea in June.

"What do you mean?" the son asked. "I don't owe you anything."

"But your mother promised to repay me with another calf at the end of the summer," Jerónimo protested.

"Then go ask my mother for payment," the son said. "I don't owe you a thing."

Poor Jerónimo went home sadly. His wife asked him if he got a good fat calf to replace the one they had lent to Dorotea, and the old man shook his head. "I'm afraid we're cursed with a bad neighbor," Jerónimo told his wife. "Felipe doesn't want to pay back the calf. He says he doesn't owe us anything. He told me that his mother had borrowed the calf, not him, and that if I want it replaced, I should ask her for payment."

Dorotea disfrutó la carne del becerro durante una semana. Parecía ser precisamente lo que le hacía falta para recobrar las fuerzas y el buen ánimo. Pero para la sorpresa de todos, una mañana al final de la semana la viejita amaneció muerta.

—Bueno —decían todos—, por lo menos se le cumplió el último deseo.

Por supuesto, todo el terreno y ganado de Dorotea pasó a manos de su hijo Felipe.

El verano pasó rápido y con la llegada de la frescura del otoño, Felipe fue a las montañas para recoger las vacas. Pocos días después, Jerónimo llamó a la puerta de la casa del vecino y le pidió a Felipe que le pagara el becerro que le había prestado a Dorotea en junio.

—¿Cómo? —le dijo el hijo—. Yo no le debo nada.

—Pero tu madre prometió pagarme con otro becerro al final del verano —protestó Jerónimo.

—Entonces, pídale a mi madre que se lo pague —dijo el hijo—. Yo no le debo nada.

Pobre Jerónimo regresó muy triste a su casa. Su esposa le preguntó si había escogido un becerro gordo como pago por el que le habían prestado a Dorotea y el viejo movió la cabeza negativamente:

—Me temo que tenemos la mala suerte de tener un mal vecino —Jerónimo le dijo a su esposa—. Felipe no quiere devolvernos el becerro. Dice que no nos debe nada, que a quien le presté el becerro fue a su madre, no a él, y si quiero que me lo reemplacen, tengo que pedírselo a ella.

Marcelina wasn't about to let the young man cheat them like that. She thought and thought about what to do. All through the fall and through the winter too she kept turning it over in her mind. And she came up with a good plan.

The next spring when it was time for the first watering of the fields, Marcelina went and talked to the *mayordomo* of the *acequia*. "When will you be giving water to our neighbor Felipe?" she asked the manager of the community ditch.

The *mayordomo* knew his schedule by heart. "I'll be sending water to his ditches this very night," he told her, "starting at midnight."

That night, a short while before midnight the old woman got out a white sheet and told her husband to come along with her. They went out to the *acequia* and hid behind a cottonwood tree, waiting for Felipe to arrive with his shovel to open his ditches to run water onto his land. When they saw the young man come walking up the bank of the irrigation canal, Marcelina wrapped the sheet around herself and started walking down the ditch bank toward Felipe.

When Felipe saw a white shape coming toward him along the bank, he stopped in his tracks. And then he heard a mournful voice coming from the white shape.

"*Hijooo*," cried the voice, "be a good neighbor. Pay back the calf I owe to Jerónimo. It's the last thing I need to do to enter into heaven. Pay the calf to Jerónimo."

And then the white figure turned and started walking slowly back up the ditch bank. But it stopped and turned again toward the young man. "And if you can, pay him two calves, my son."

Marcelina no iba a dejar que ese joven los engañara de tal manera. Se puso a pensar en cómo desquitarse con él. Por todo el otoño y el invierno también le dio vueltas al asunto en la mente. Se le ocurrió una buena idea.

En la primavera, cuando se avecinaba el momento para darles el primer riego a los campos, Marcelina fue a hablar con el mayordomo de la acequia:

—¿Cuándo va a dar reparto a nuestro vecino Felipe? —le preguntó al capitán de la trinchera común de riego.

El mayordomo conocía la agenda de memoria: —Voy a mandar agua a sus campos esta misma noche —le dijo—, comenzando a la medianoche.

Aquella noche, un poco antes de la medianoche, la viejita buscó una sábana blanca y le dijo a su marido que la siguiera. Fueron a la acequia y se escondieron detrás de un gran álamo, esperando a que llegara Felipe con la pala para abrir los surcos y dejar fluir el agua a sus campos. Cuando vieron al vecino venir por la acequía, Marcelina se envolvió en la sábana y se le acercó a pasos lentos.

Cuando Felipe vio un bulto blanco venir por la orilla, se detuvo en seco. Luego oyó una voz lamentadora que salía del bulto blanco:

—Hijoooo —dijo la voz—, hazte buen vecinoooo. Págale el becerro que le debo a Jerónimo. Es lo último que me falta para entrar en la gloria. Págale el becerro a Jerónimo.

Luego la figura blanca dio media vuelta y se alejó por la orilla. Pero se detuvo para volver a enfrentarse al joven:

—Y si puedes, págale dos, hijo.

Poor Felipe was so confused and scared that he threw down his shovel and ran back to his house as fast as he could. Jerónimo came laughing down the ditch bank to join his wife. She told him, "Let's go home to bed. I think we'll get a visit from Felipe tomorrow."

But being the good farmer he was, Jerónimo couldn't let all that water go to waste. "You go and sleep," he told his wife. "Felipe left his shovel. I'll open up our ditch and irrigate our land. It can use the extra water."

The old man stayed up all night irrigating his land. When the sky began to grow light in the east, he went home and lay down to sleep.

Very early in the morning, before the sun even came up, Mareclina saw Felipe come hurrying to the house. He wanted to speak to Jerónimo. He found the old man still in bed and told him to come right away to pick out a calf.

"Let me rest a while longer," the old man told him and rolled over in bed.

The sun came up, and Felipe returned to the house. "Please come get your calf," he said. "I want to turn my cows out to pasture."

"Pretty soon," the old man told him. And he went back to sleep.

Felipe came back two or three more times. It was almost noon when Jerónimo finally went with him to his corral. "Pick out any calf you want," Felipe told the old man.

El pobre Felipe quedó tan confundido y asustado que tiró la pala y corrió a casa a toda carrera. Jerónimo vino riendo por la orilla para unirse a su esposa. Marcelina le dijo:

—Vamos a casa a dormir. Creo que vamos a tener una visita de Felipe en la mañana.

Pero por ser el buen labrador que era, Jerónimo no quiso desperdiciar el agua de la acequia.

—Vete tú a dormir —le dijo a su esposa—. Felipe dejó su pala. Voy a abrir nuestra zanja y regar nuestros campos. El agua extra les vendrá bien.

El viejito pasó toda la noche regando su terreno. Cuando el cielo del oriente comenzó a aclarar, regresó a casa y se acostó a dormir.

La siguiente mañana, antes de que saliera el sol, Marcelina vio que Felipe venía corriendo a su casa. Quería hablar con Jerónimo. Encontró al viejito en la cama y le dijo que viniera sin tardar para escoger un becerro.

—Déjame descansar un poquito más —el viejito le dijo y volvió la cara hacia la pared.

El sol salió y Felipe vino otra vez—. Por favor, venga a buscar su becerro —dijo—. Quiero soltar las vacas en el potrero.

—Ya pronto —el viejito le dijo. —Y volvió a dormirse.

Felipe vino dos o tres veces más. Era casi el mediodía cuando por fin Jerónimo lo acompañó al corral.

—Escoja el que le guste —Felipe le dijo al viejito.

Jerónimo chose the strongest, fattest calf he could find. As he was leading the calf out of the corral, Felipe said, "Take another. I don't want anyone to think I'm not a good neighbor."

Jerónimo led the two calves to his own corral and who should be waiting for him at the gate but a woman wrapped in a white sheet.

"Gooood," the woman wailed. "Now I can rest in peace." The old couple had another good laugh.

And so it was that Jerónino and Marcelina lived out the rest of their years on the best of terms with their *good* neighbor Felipe.

Jerónimo escogió el becerro más gordo y fuerte—. Llévese otro —le dijo el joven—. No quiero que digan que no soy buen vecino.

Jerónimo llevó los dos becerros a su corral y quién lo esperaba junto a la puerta sino que una mujer envuelta en una sábana blanca.

—¡Qué bien! —lloró la mujer—. Ahora puedo descansar en paz. —Y los dos se soltaron a reír otra vez.

De esa manera, Jerónimo y Marcelina se las arreglaron para pasar el resto de sus días en gran amistad con su buen vecino Felipe.

Abelardo's Dinner

La comida de Abelardo

JUAN BIRUMBETE was the most easy-going, most agreeable man in the world. He never got mad. He never argued with anyone. Juan never said the word *no*. *No* is a very short and simple word, but it seemed as though Juan Birumbete had never learned it.

Many people tried to counsel Juan. "You have to learn to stand up for yourself," they advised. "People walk all over you."

JUAN BIRUMBETE era el hombre más tranquilo y más complaciente del mundo. No se enojaba. No discutía con nadie. Nunca pronunciaba la palabra *no*. Bueno, *no* es una palabra chiquita y sencilla, pero parecía que Juan Birumbete no la hubiera aprendido.

Muchos intentaron aconsejar a Juan: —Tienes que aprender a defenderte —le decían—. Todo el mundo te pisotea.

Juan didn't disagree. He never said the word *no*. He just shrugged his shoulders and said, "All right. *Bueno, está bien.*" And then he'd go on being his usual smiling self.

Other people made fun of him. "You're a fool, Juan," they'd say.

Juan's worst critic was his cousin Abelardo. "Look, *primo*," Abelardo told him, "everyone takes advantage of you. You'll never be able to make a living. You'll never get any respect from anyone. And for sure you'll never find any girl who is willing to marry such a foolish man."

Juan didn't argue. He just shrugged his shoulders and said, "All right. *Bueno, está bien.*"

But Abelardo was wrong about the last thing. Juan did find a girl who wanted to marry him. Her name was María and she was the most understanding, big-hearted and optimistic woman in the world. She was clever too!

Juan and María were married one fine spring day. Juan's cousin Abelardo attended the wedding, but he whispered to anyone who would listen, "You'll see. This marriage is only going to last until María realizes what a big fool her husband is."

Juan and his wife settled down to farm a small piece of land that María's father gave them, and as luck would have it, their land was right next to Abelardo's farm. Just a tall pole fence separated their properties.

María's father also gave the couple an old spotted cow that he didn't need any longer. But after a few weeks, the old cow stopped giving milk. She was too skinny to eat, and too weak to pull a plow, and so one day María said to Juan, "Take that old cow to the village tomorrow and trade her. See what you can get."

Juan no discutía. Pues, nunca decía la palabra *no*. Sólo se encogía de hombros y decía: —Bueno, está bien. —Y seguía con las suyas.

Otros se burlaban de él: —Eres un mero simplón —le decían.

Quien lo criticaba más era su primo Abelardo: —Mira, primo —Abelardo le decía—, todo el mundo te pisotea. No vas a poder ganarte la vida. Nadie te va a respetar. Y de seguro, no vas a encontrar a una muchacha que se quiera casar con un hombre tan inocente.

Juan no lo disputaba. Se encogía de hombros y decía: —Bueno, está bien.

Pero Abelardo se equivocaba en lo último. Juan sí encontró a una muchacha que se quería casar con él. Se llamaba María y era la muchacha más comprensiva, generosa y optimista del mundo. Además, era muy lista.

Juan y María se casaron un buen día de primavera. El primo Abelardo fue a la boda, pero susurró a cualquiera que lo atendiera: —Ya verás. Este matrimonio sólo va a durar hasta que María se dé cuenta de lo inútil que es su marido.

Juan y su mujer se pusieron a labrar un terrenito que les regaló el padre de María y quizo la suerte que su terreno quedaba contiguo a la granja de Abelardo. Nada más que una cerca de palos separaba los dos terrenos.

El padre de María también les había regalado una vaca pinta vieja que le sobraba. Pero al cabo de unas pocas semanas, la vaca vieja dejó de dar leche. Era muy flaca para dar mucha carne y demasiado débil para tirar del arado. Por eso, un día María le dijo a Juan: —Lleva la vaca vieja al pueblo para feriar. A ver qué te dan por ella.

That evening Juan talked to his cousin Abelardo over the fence and told him of their plan to trade the cow. Abelardo decided he'd play a trick on Juan. Later that evening he rounded up several animals from his farm and led them down the road toward town. He left them tied up at different locations along the way.

The next morning Abelardo got up before dawn, stuffed some old clothes into a sack, and hurried off down the road toward the village.

A few hours later, after eating the good breakfast María served him, Juan tied a rope around the cow's neck and started down the road toward the village. At one house he passed a dog ran out, barking and snapping at the cow's heels. The cow started running down the road, dragging Juan along with her at the end of the rope.

Just about the time Juan got the cow to slow down, he met up with a man in ragged old clothes. Juan didn't recognize him, but it was his cousin Abelardo. The man was leading a goat.

"Where are you going, *amigo?*" the stranger asked.

"I'm going to the village to trade this cow," Juan replied.

"That's a wild cow, *amigo,*" the man said. "I saw how she was dragging you all over the road. I'll trade you this goat for your cow. This goat won't give you any trouble."

Juan Birumbete never said *no.* He just shrugged his shoulders and said, "All right. *Bueno, está bien.*" And he traded the cow for the goat.

Aquella tarde, Juan habló con su primo Abelardo a través de la cerca que separaba sus granjas y le contó el plan de trocar la vaca. Abelardo decidió hacerle una mala jugada a Juan. Más tarde, Abelardo juntó varios animales de su granja y los llevó por el camino al pueblo. Los dejó amarrados en varios lugares a lo largo del camino.

El día siguiente, Abelardo se levantó antes del amanecer, puso varias mudas de ropa vieja en un saco y se fue de prisa por el camino, rumbo al pueblo.

Unas cuantas horas más tarde, tras comer el buen desayuno que le había preparado María, Juan amarró una cuerda a la nuca de la vaca y se encaminó para el pueblo. De una casa que pasó, salió un perro, ladrando y dándole mordiscos a la vaca en las patas. La vaca echó a correr por el camino, arrastrando a Juan, que seguía agarrado de la cuerda.

Justo cuando Juan logró calmar a la vaca, se encontró con un hombre vestido de harapos. Juan no lo reconoció, pero era su primo Abelardo. El hombre llevaba una cabra en una correa.

—¿Adónde vas, amigo? —preguntó el desconocido.

—Voy al pueblo para feriar esta vaca —le respondió Juan.

—Esa vaca es muy bronca, amigo —dijo el hombre—. Vi como te estaba arrastrando de un lado para el otro. Te cambio esta cabra por la vaca. Esta cabra no te va a dar problemas.

Juan Birumbete no decía la palabra *no*. Se encogió de hombros y dijo: —Bueno, está bien —y cambió la vaca por la cabra.

Juan started on down the road with the goat and Abelardo tied the cow by the side of the road and hurried across the fields to get ahead of him. He changed his clothes and waited for his cousin to arrive.

Before Juan had gone very far, the goat decided it was hungry and dragged Juan over to the weeds by the side of the road. Juan had to tug and pull to get the goat back onto the road, and every ten steps or so, it would run back over to the edge of the road and start to eat again.

After about a half hour of struggling with the goat, Juan met up with another man in worn-out clothes. You know who it was! The man was driving a goose ahead of him with a short stick.

"Where are you going, *amigo*?" the man asked.

"I'm going to the village to trade this goat," Juan replied.

"That's a hard-headed goat," the man said. "I can see she's giving you a lot of trouble. I'll trade you this goose for the goat."

Juan Birumbete never said *no*. He shrugged his shoulders. "All right. *Bueno, está bien.*"

He handed the goat's rope to the man and taking the stick in his hand, he started driving the goose down the road.

Abelardo tied the goat beside the road and hurried to get ahead. Again, he changed his clothes.

In a little while, the goose got tired of Juan poking it with the stick. It started to flap its wings and hiss and charged at him. Instead of Juan driving the goose along, the goose was chasing him down the road.

Juan se encaminó con la cabra y Abelardo amarró la vaca junto al camino y corrió a través de los campos para adelantársele. Se cambió de ropa y esperó la llegada de su primo.

Después de caminar un poco, a la cabra le dio hambre y arrastró a Juan hacia las hierbas silvestres que lindaban el camino. Juan tuvo que jalar y jalar para hacer que la cabra regresara al camino, pero unos diez pasos más adelante, volvió al campo para comer hierbas.

Al cabo de media hora de lidiar con la cabra, Juan se encontró con otro hombre en ropa gastada. Ya sabes quién era. El hombre estaba arreando un ganso por delante con un palo corto.

—¿Adónde vas, amigo? —le preguntó el hombre.

—Voy al pueblo para feriar esta cabra.

—Es una cabra cabezuda —dijo el hombre—. Se nota que te está costando mucho trabajo. Te cambio este ganso por la cabra.

Juan Birumbete no decía la palabra *no*. Se encogió de hombros. —Bueno, está bien.

Le dio la correa de la cabra al hombre, tomó el palito y se puso a arrear el ganso camino abajo.

Abelardo amarró la cabra y corrió para adelantársele a Juan. Otra vez se mudó de ropa.

Al poco tiempo, el ganso se hartó de ser atizado con el palo. Se puso a aletear y sisear y acometió contra Juan. En lugar de que Juan arreara el ganso, el ganso arreaba a Juan por el camino.

Juan was all out of breath when he met up with another man in old clothes. The man was carrying a hen in his arms.

"Where are you going, *amigo?*"

"I'm going to the village to trade this goose."

"You'll be lucky if the goose doesn't kill you before you get there," the man told him. "I'll do you a favor. I'll trade you this hen for your goose."

Juan Birumbete shrugged his shoulders. "All right. *Bueno, está bien.*"

He handed the stick to the man and taking the hen in his arms went on down the road.

Abelardo hurried to get ahead of Juan.

Juan Birumbete walked on down the road with the hen in his arms, but then a hawk started circling overhead, and the frightened hen jumped from Juan's arms and ran to hide in the tall grass by the side of the road. Juan tried to catch the hen and pick her up, but every time he got close, the hen would run farther down the road and then dodge back into the grass.

Just when Juan finally caught the hen he met up with another raggedy man. The man had a gunny sack over his shoulder. It was full of manure.

"Where are you going, *amigo?*"

"I'm going to the village to trade this hen."

"Oh, be careful. There are some big dogs up ahead. They're sure to kill your hen. But I'll trade you this sack of manure for your hen.

Juan estaba casi sin aliento cuando se encontró con otro hombre en ropa vieja. El hombre llevaba una gallina en los brazos.

—¿Adónde vas, amigo?

—Voy al pueblo para feriar este ganso.

—Será por suerte que el ganso no te mate antes de que llegues —el hombre le dijo—. Te hago un favor. Te cambio esta gallina por tu ganso.

Juan se encogió de hombros: —Bueno, está bien.

Le dio el palo al hombre y, tomando la gallina, siguió su camino.

Otra vez Abelardo se apresuró a adelantársele a Juan.

Juan Birumbete se fue por el camino con la gallina en los brazos, pero pronto un halcón comenzó a revolotear allá arriba. La gallina se espantó y brincó de los brazos de Juan y corrió a esconderse en el pasto al lado del camino. Juan intentó atraparla, pero cada vez que se le acercaba, la gallina corría un poco más adelante y luego volvía a meterse entre el pasto.

Por fin, en el momento en que Juan logró atrapar a la gallina, se encontró con otro hombre harapiento. El hombre llevaba un costal a cuestas. El saco estaba lleno de estiércol.

—¿Adónde vas, amigo?

—Voy al pueblo para feriar esta gallina.

—¡Ten cuidado! Hay unos perros grandes allá adelante. De seguro que te matan la gallina. Pero te cambio la gallina por este saco de estiércol.

Juan had already had one bad experience with a dog. And besides, Juan Birumbete never said *no*. "All right. *Bueno, está bien,*" he said.

He took the sack of manure and the man went off with his hen. Juan started down the road with the sack, but then he stopped and thought about it. He didn't see any reason to go into town with the manure, so he turned and headed back home.

When Juan passed his cousin's farm, Abelardo was standing at the gate, trying his best to keep from laughing.

"What do you have there, *primo?*" his cousin asked.

"I have a sack of manure."

"And did you trade your cow?"

Juan told his cousin about all the trades he'd made. Abelardo acted surprised and concerned. "*Ay,* Juan," he said. "Your wife's really going to be mad at you."

Juan didn't disagree. He just said, "All right. *Bueno, está bien.*"

Juan walked on toward home and Abelardo snuck over to the fence between their houses to listen in and hear what happened when María learned what Juan had done.

But, María had been waiting for Juan to return, glancing out the window from time to time. The last time she had looked out, she had seen Abelardo come hurrying home and then turn to lean against the gate in front of his house as if he were waiting for someone. She was suspicious.

Juan ya había tenido un mal encuentro con un perro. Además, Juan Birumbete nunca decía la palabra *no*. Dijo: —Bueno, está bien.

Tomó el saco de abono y el hombre se fue con la gallina. Juan se encaminó rumbo al pueblo, pero luego se paró y se puso a pensar. No encontró ninguna razón para ir al pueblo con un saco de estiércol. Dio vuelta y se encaminó de regreso a casa.

Cuando Juan pasó por delante de la casa de su primo, Abelardo estaba parado a la reja de la cerca, tratando de retener la risa.

—¿Qué tienes ahí, primo? —preguntó el primo.

—Tengo un saco de abono.

—¿Y cambiaste la vaca?

Juan refirió a su primo todos los cambios que había hecho. Abelardo se hizo el sorprendido y consternado.

¡Ay!, Juan —dijo—, tu esposa se va a enojar contigo.

Juan no discutió. Sólo dijo: —Sí, está bien —y siguió hacia la casa.

Abelardo corrió a la cerca entre las casas para escuchar desde su lado lo que dijera María cuando se enterara de los negocios de Juan.

Pero, pendiente del regreso de Juan, María había mirado de cuando en cuando por la ventana. La última vez que lo hizo, había visto a Abelardo llegar apresuradamente a casa y luego recargarse contra la puerta de la cerca, como si aguardara a alguien. Eso le pareció sospechoso.

Then she saw Juan stop and talk to him. She went to the door to wait for Juan, and as she watched Juan walk on home, she saw Abelardo sneak over close to the fence. She was sure Abelardo was up to no good.

"How did it go with the cow, Juan?" María asked with a smile.

"Not so well," Juan told his wife. "The cow started dragging me all over the road. I met a man with a goat and he traded with me."

If María was a little disappointed, she didn't show it. "You traded a cow for a goat?" she said. "Well, a goat's milk is good. And it can eat the bad weeds around the house. Where is the goat?"

"You're right about the goat eating weeds," Juan said. "She wanted to eat them so much it took all my strength to pull her along down the road. I met a man with a goose and I traded with him."

Now María was beginning to figure things out, but she just said, "You traded a goat for a goose. Well, the goose can protect our house. Geese can be as mean as dogs. Where's the goose?"

"A goose sure can be as mean as a dog," Juan said. "The goose attacked me! Along came a man with a hen and I traded with him."

María was beginning to hear chuckling coming from behind the fence. Now she knew exactly what was going on. She made her voice sound a little impatient. "You traded a goose for a hen.

Luego vio que Juan llegó y se detuvo para hablar con su primo. Fue a la puerta para recibir a Juan y, mientras lo veía acercarse a la casa, vio que Abelardo fue furtivamente a la cerca. Estaba segura de que Abelardo tramaba algo malo.

¿Cómo te fue con la vaca, Juan? —María le preguntó con una sonrisa.

—No muy bien —respondió Juan—. La vaca comenzó a arrastrarme por todo el camino. Me encontré con un hombre con una cabra y me la cambió por la vaca.

Si María estaba un poco decepcionada, no lo reveló. Dijo: —Cambiaste una vaca por una cabra. Bueno, la leche de cabra es buena. Y puede comer las hierbas malas alrededor de la casa. ¿Dónde está la cabra?

—Tienes mucha razón que a las cabras les gusta comer hierbas —dijo Juan—. Tenía tantas ganas de comerlas que me costó gran esfuerzo mantenerla en el camino. Me topé con un hombre con un ganso y se lo cambié por la cabra.

Ahora María comenzaba a comprenderlo todo, pero se limitó a decir: —Cambiaste una cabra por un ganso. Bueno, el ganso puede servir para proteger nuestra casa. A veces un ganso es tan bravo como un perro. ¿Dónde está el ganso?

—Sí que un ganso puede ser muy bravo —dijo Juan—. El ganso se me vino encima. Llegó un hombre con una gallina y le cambié el ganso por la gallina.

María comenzó a oír risitas que salían del otro lado de la cerca. Se dio cuenta de todo. Hizo que la voz le saliera un poco disgustada: —Cambiaste un ganso por una gallina.

Well, we could use some more eggs. And hens aren't so mean. They're afraid of almost everything."

"That's for sure," said Juan. "The hen got scared by a hawk way up high in the air and she ran off. I had to chase her down the road. I met a man with this sack of manure. I traded the hen for it."

María pretended to be a little angry. "You traded a hen for a sack of manure?" she said loudly. And then she cleared her throat and almost shouted, "That's great!"

She took the sack from Juan's hand. She turned toward the fence and held it up and said loud and clear, "The next time your cousin Abelardo makes fun of you, we'll tell him, 'Abelardo, *you can go eat what's in this sack.*'"

Abelardo's wife came outside to find out what all the shouting was about, and when she found out what he had done, he was the one who was in trouble. She insisted that he give Juan and María the cow, the goat, the goose, the hen..., and the other thing too.

María told Juan to spread the manure on the garden to help the vegetables grow. But she didn't call it *manure*. She called it *la comida de Abelardo*—Abelardo's dinner!

And you should have heard how the two of them laughed!

Suspiró—. Bueno, nos hacen falta más huevos. Y las gallinas no son bravas. Tienen miedo de todo.

—Eso es muy cierto —dijo Juan—. La gallina tenía miedo de un halcón que volaba muy alto en el aire y se echó a correr. Yo tenía que correr para alcanzarla. Me encontré con un hombre con este saco de abono y se lo cambié por la gallina.

María fingió estar un poco enojada: —¡Cambiaste una gallina por un saco de estiércol! —dijo más recio. Y luego carraspeó y casi gritó: —¡Perfecto!

Tomó el saco de las manos de Juan. Volteó hacia la cerca, levantó el saco en alto y dijo muy fuerte: —La próxima vez que tu primo Abelardo se burle de ti, digámosle *Abelardo, ¡cómete lo que está en este saco!*

La esposa de Abelardo salió para saber el porqué de tanto gritar y cuando se enteró de lo que su marido había hecho, quien se encontró en apuros fue Abelardo. Ella insistió que le diera a Juan y María la vaca, la cabra, el ganso, la gallina…y la otra cosita también.

María le dijo a Juan que echara el estiércol en el jardín para fertilizar las plantas. Pero no lo llamó abono, ni estiércol. Lo llamó "la comida de Abelardo". ¡Y hubieras oído cómo se rieron los dos!

Notes to Readers and Storytellers

In the Days of King Adobe / En los días del Rey Adobín

Tales of traveling youths, usually identified as students, who take advantage of gullible country folk are common in Europe, as are stories of educated youths getting their comeuppance from a seemingly innocent peasant. I'm sure their origin is medieval, reflecting a time when only a small minority of the population had any formal education. In addition to some archaic Spanish vocabulary and grammar, other aspects of medieval culture persisted in Spanish New Mexico into the 20th century. The tale of *Rey Adobín*, on which this story is based, illustrates this well. It was collected in the 1930s by the greatest harvester of New Mexican folktales, Juan B. Rael.

That Will Teach You / Ya aprenderás

Readers who know world folktales will see the similarity between this one and the Ethiopian story *The Fire on the Mountain* from *The Fire on the Mountain and Other Stories from Ethiopia and Eritrea* by the great folklorist Harold Courlander, a book which has been a standard

resource for storytellers for decades. That the story appears in the Hispano culture of New Mexico is yet another demonstration of how widespread and universal folktales are and of how all human beings, regardless of language, nationality, or race share more similarities than differences. Juan B. Rael included a version in *Cuentos españoles de Colorado y Nuevo México* and Richard M. Dorson mentions it in the section on Southwestern folklore in *American Folklore.*

The Day It Snowed Tortillas / El día que nevaron tortillas

This is almost a signature story for me. People associate me with this tale more than any other. Of the stories I've developed, it's the one that's most borrowed by other tellers. I first heard the outlines of the story from a girl in the fourth grade. Her family came from Mexico, and she told me her mother told her a story about the day it rained *buñuelos.* Since many of my listeners wouldn't be familiar with *buñuelos,* I decided to turn them into tortillas, which are much better known in the United States. A version can be found in *Cuentos españoles de Colorado y Nuevo México,* and I have seen the story in many compilations from Latin American countries and Spain. Always the story involves *buñuelos,* as my young informant told it. Which spouse is clever and which foolish and talkative varies, probably in response to the attitude, or maybe the gender, of the teller. Similar stories appear in many countries around the world, especially in Eastern Europe and Russia. It is listed as tale type #1381 in the Aarne-Thompson Index of Tale Types.

Just Say Baaaa / Di nomás baaa

I first encountered a version of this story about 50 years ago in a book titled *Noodlehead Stories from Around the World*, by M. A. Jagendorf. The book had been published in the 1950s, and I think the story was identified as French. Later, when I researched New Mexican folktales, I was delighted to discover that the story existed in local folklore. There is a version in *Cuentos españoles de Colorado y Nuevo México*. Juan B. Rael identified it as *El pastor que cogió el ganado*. All over the world people delight in stories of a poor, simple, seemingly powerless person who gets the best of someone who is powerful, rich, and greedy. It happens twice in this tale. Most of the details of this story are of my own invention, but the general plot is quite traditional.

Watch Out! / ¡Cuidado!

Although all the stories in this collection have elements that I invented, this one is the most original. The central idea of the story is traditional and was told to me by a teacher at a conference in Socorro, New Mexico, where I had given a presentation. "Here's an idea you might be able to do something with," she told me. "I remember this from my childhood." And she told me about the trick of the two pebbles. As she remembered it, it was the poor man's daughter who outsmarted the greedy landlord. And from that I made the story as I tell it. I'm sure it's a traditional idea, but I haven't yet seen a version in the folkloric literature. It's a popular story, though, and I've gotten a lot of use out of it.

Skin and Bones / Huesos y pellejo

In many countries, in many languages, stories similar to this one are popular. The would-be victim calls for help by cleverly couching the name of the rescuer in a song, a lament, or a final prayer. The stories often hinge on the double meaning of a name, such as the girl's name Socorro, which also means *help*. Tales of this type were collected in New Mexico by José Manuel Espinosa and by Juan B. Rael. It represents type #959 in the Aarne-Thompson Index of Tale Types.

Who'll Buy My Ring? / ¿Quién compra mi anillo?

The incident that sets the initial action of this tale in motion can be found in several stories collected in New Mexico in the early 20th century. Versions appear in *Cuentos españoles de Colorado y Nuevo México* and in J. Manuel Espinosa's *Spanish Folk Tales from New Mexico*. Readers who are so inclined will certainly find many psychological implications in the story. It would be cataloged as type #510 in the Aarne-Thompson Index of Tale Types. The latter section of the story will remind some readers of such stories from Appalachia, Europe and the British Isles as *Like Meat Loves Salt* or *Like Bread Likes Salt*. In the Aarne-Thompson Index of Tale Types it's #923, and it's very widely distributed around the world.

Caught on a Nail / Enganchado en un clavo

I collected this brief tale in Peñasco, New Mexico, when working as an artist-in-residence at the elementary school. In the original, however, as recorded on a cassette tape by the uncle of one of the students, the third young man was unable to run because he was

so scared he "had an accident" in his pants. Writers and storytellers often "clean up" stories to make them more acceptable to modern audiences. I always try to do this without altering the essence of the tale. In some collections of traditional tales, this story is called *Los tres enamorados*.

Be a Good Neighbor / Hazte un buen vecino

As with many retold folktales, there's probably as much or more of my own imagination as the popular imagination in this tale. But the basic outline of events is based on the *El becerro, The Calf*, collected by Juan B. Rael and included in the appendix of *Cuentos españoles de Colorado y Nuevo México*. The collected version could almost be categorized as a joke, but it contained enough cultural content for me to shape it into a real story. The humorous prayer is my invention; but the importance of having good neighbors was very real in colonial New Mexico.

Abelardo's Dinner / La comida de Abelardo

For those who are familiar with the Jack tales of England and the Appalachian region of the United States, this story will be reminiscent of *Jack and the Three Sillies* or *The Swapping Song*. Tales of simple, good-natured characters who make ridiculously bad business deals are popular all over the world. Maybe that's because we all get taken in from time to time, and a story about someone far worse at bargaining than we are can help us forgive ourselves. The name Juan Birumbete always fascinated me. It appears in many stories in New Mexico, but not in the version of this tale collected by Juan B. Rael. I added that touch. The story is an example of #1415 in the Aarne-Thompson Index of Tale Types.

Photo © Neebin Southall

Storyteller and Author

JOE HAYES

JOE'S LIFE has been about storytelling—telling traditional stories; studying the stories of traditional cultures, especially those arising from his beloved American Southwest; and writing his own stories inspired by his bilingual growing up in rural southern Arizona. Since 1979 he has devoted himself full time to sharing tales from the Hispanic, Native American and Anglo cultures. Recognized as a pioneer teller of bilingual Spanish-English tales, Joe is the author of more than twenty-five books, most of them still in print.

During his forty years of storytelling, Joe has visited some 3,000 schools and been the resident storyteller at the Wheelwright Museum of the American Indian in Santa Fe since 1983. A whole generation of Southwestern children has grown up listening to his tales. In addition to visiting schools throughout the U.S., Joe has told stories in Spain, Cuba, Mexico, Brazil, Argentina, Colombia, Ecuador, Peru, Guatemala, El Salvador, and Honduras.

Joe's books have received these awards:

The Texas Bluebonnet Award
The Arizona Young Readers' Award
Two Land of Enchantment Book Awards
The Southwest Book Award
The Latino Family Literacy Award
An American Folklore Association Aesop Award
The Talking Leaves Oracle Award from The National
Storytelling Association

For his storytelling he's received:

New Mexico Governor's Award for the Arts
New Mexico Eminent Scholar Award
New Mexico Centennial Storyteller